秦漢
文學故事
【下冊】

秦漢文學故事 下

目次

荒幻多彩的神仙畫廊：《列仙傳》

劉向的《列仙傳》是在漢代神仙方術之風的影響下而出現的產物。據佚名〈列仙傳敘〉介紹說，漢武帝時，大神仙家淮南王劉安陰謀反叛朝廷，結果事情敗露後被迫自殺。當時漢皇族楚元王劉交三世孫，即劉向的父親劉德受命負責這個案子，他從劉安家中搜得一本《枕中鴻寶密秘》，專言「神仙使鬼物」及「重道延年」之術。幼年的劉向對它很感興趣，閒來無事時，常常翻閱。到漢成帝時，劉向受詔總校群書，得覽歷代典籍秘要，又受時風感染，更加相信神仙之事「實有不虛」、「真乎不謬」，只是世人求之不勤罷了。所以，出於對神仙世界的嚮往和宣揚神仙思想的需要，「遂緝上古以來及三代秦漢，博採諸家言神仙事者，約載其人」，撰寫了這部神仙列傳。他把七十多位仙人集中在一起，分述其事蹟，構成了荒幻多彩的神仙畫廊。

傳中所載的仙人，漢代的和前代的各占一半左右，其中有的是神話傳說中的人物，如黃帝、王子喬、赤松子等，有的則為有案可稽的歷史人物，如老子、呂尚、介子推、范蠡、東方朔等。他們原本的身份，上自王公貴冑，下至平民百姓，但當他們跨越歷史時空和世俗的界限，匯集在劉向筆下的這個特殊的藝術世界裡的時候，則已經完全擺脫了等級貴賤的外衣，變得一樣的逍遙和超逸，擁有著一個共同稱呼──「神仙」。作為神仙，他們擅長屍解變形、導引養氣之類的神奇法術，能夠死而復生，返老還童；在生活方式上，他們不食五穀，而慣於吸風飲露，服食水玉、丹砂、桂芝、茯苓之類的異物來達到春顏常駐，永世不老；在生活環境上，他們有的寄身在市井鄉村，遊戲風塵，有的則隱跡於高山大澤，逍遙世外，如蓬萊、方丈等海外仙山，也就是眾仙人最為集中的地方。至於他們的登仙途徑，一般來說，服食水玉等藥物只是初級階段，進一步的境界，大概有這樣幾種情況：有的經由雨火，如神農雨師赤松子、黃帝的陶正寧封子、堯時的木工赤將子輿等都曾入火焚燒，隨風雨上下而仙去；有的由前代仙人接引點化，如周靈王的太子王子喬，就是由浮丘公接上嵩山而成了神仙的；還有的則由靈異動物引領而升仙，如舒鄉人子英，曾捕獲一條紅鯉魚，因愛其顏色美麗，便把鯉魚放到家中水池裡餵養起來。一年後鯉魚長大，並且生出了角和翅膀，樣子如小飛龍一般。有一天，鯉魚忽然對子英說，自己是專程來凡間接他的。於是子英跨上魚背，隨之升天而去。又如黃帝馬醫師皇，也是有一天忽然被他治療過的一條龍負載而去。基督教講生前信主，死後得入天堂，佛家講修行一世，將來可達西方極樂世界，與這些今生種因，來世得果的思想相比，子英、馬師皇的事跡則在宣揚神仙境界的基礎上，又曲折地反映了神仙道教現世現報的善惡因緣觀念。

就編撰意圖來說，《列仙傳》的著眼點顯然在於仙人的生活方式和神奇法術，但與遠古神話中奇幻的神相比，其形象特徵已經完全人格化了，讀來使人更感覺親切。有些篇目對社會現實生活有所反映，在一定程度上表現了仙人的個性特色。

如有個叫陰生的，化為長安城中的一個乞兒，晚上蜷身於渭橋下面睡大覺，白天則去市裡乞討度日。瞧他蓬頭垢面，衣衫破爛的模樣，市人都很厭煩，於是就有人不時地戲弄他，或打他兩拳，或踢他幾腳，甚至找來糞便往他身上潑灑，但奇怪的是，明明潑在他的身上，然而他的衣服卻一點糞便的汙漬都沒有。他自己似乎也毫不在意，依然行乞如故。官府知道了，認為在天子腳下，出現此等妖人，實在有傷風化，於是就派人把他抓來，帶上枷鎖，投進了獄中。誰知到了第二天一看，獄中空空如也，陰生早已又一身輕鬆地在市面上乞討了。又抓了幾次，都是這樣。官府無計可施，也只好由著他去了。在神仙家眼裡，他們艷羨的無疑是陰生「巧避糞便」和「獄中脫身」的神奇法術，這也許是關於遁法的最早傳說。但從文

學的角度，倒不妨把它當作一篇小小的社會諷刺小說來讀，陰生的形象就像後世小說或傳說故事中專門托身下層來考驗世俗人心的神仙一樣，那份人情冷暖和世態炎涼實在讓仙人們寒心。幸虧陰生是個神仙，否則換成一個普通的窮苦乞兒，真不知有多麼辛酸！

同樣具有社會諷刺意味的還有「趙廓變形」的故事。講的是齊人趙廓跟神仙永石公學習道術，沒有學完就提前回家了，路上遇到一幫獄吏，錯把趙廓當成了犯人。情急之下，趙廓運用所學法術變成各種動物形狀，一路狂奔，終因法術用盡而束手被擒。師父永石公聽說後，趕忙前來搭救。他懇請齊王讓犯人當場演示變形術，由於永石公仙名遠播，齊王就答應了。當趙廓還像先前一樣變作一隻老鼠時，只見永石公立即化作巨大的老鷹，一口叼起老鼠，振翅入雲，把趙廓救走了。這篇作品客觀上諷刺和批判了當時法制的敗壞和墮落。

《列仙傳》以宣揚神仙道術為主旨，所以大多數作品重在描繪仙人的灑脫超塵，不問世事，思想性並不強。但也有一些反映了仙人濟世救民的事蹟，給人留下一種可敬可愛的印象。如有位常山道人昌容，自稱是商朝王子，好幾百歲了，看起來卻還像二十左右的年輕人一樣。他在所居住的山上，種了許多紫草，賣給染布坊當染料，所得的錢就用來資助那些孤苦伶仃的窮人。老百姓感激他，為他立了祠堂，平日裡常常燒香禮拜。相同題材的還有關於「寧封子」的傳說。寧封子是黃帝的陶正，即負責燒製陶器的官，後積火自燒，隨煙氣上下，終於仙化而去。《列仙傳》的這則記載，很不完善，是晚出的，必須跟四川的民間傳說結合起來，才能發現它的真實面目。四川民間關於寧封子的傳說是這樣的：黃帝時，有一段時間洪水氾濫成災，人們不得不搬到山上的洞穴裡居住。生活條件很艱苦，尤其是用水，每次都要跑到遠遠的山下去取，又沒有專門盛水的器皿，只有用濕泥巴做成碗狀往山上端水，但泥巴易破，往往還沒到住處，就被水泡爛了。有一次燒烤野獸，聰明的寧封子發現火堆中燒過的泥巴很堅硬，不易破碎，於是悟出燒製陶器的道理。以後人們用燒製的陶器取水、儲水，就再不用擔心它會壞了。然而不幸的是，有一次，寧封子正在窯中架火燒陶，不料窯頂倒塌，寧封子就這樣活活地葬身窯中了。人們為了懷念他，就傳說他在窯火中隨煙氣冉冉仙去了。這個傳說應該就是「仙人寧封子」的原型。把它與《列仙傳》的記載結合起來，寧封子那美好感人的形象才會真正凸現出來。此外，像祝雞公賣雞散錢，救濟市井貧民，負局先生在災疫之年，為人治病，解除人間痛苦等，也都值得讚美和歌頌。

作為早期神話的代表作，《列仙傳》在神仙題材的開拓上，功不可沒。除上面介紹的作品外，〈邗子傳〉一篇，也很值得一提。它寫的是蜀人邗子，有一次外出放狗，誤入一處山洞，只見裡面樓台殿閣，鱗次櫛比，四周青松環繞，仙氣氤氳。途中遇到一個洗魚婦人，交給邗子一封符信和一包仙藥。邗子從山穴回來後拆開符信，發現裡面裝有一些小魚卵，便放

到池中養了起來。一年後，魚卵都變成了龍的模樣。邗子攜帶符信再次前往仙穴，此後便留在那裡，也成了神仙。後世的小說乃至其他體裁的文學作品中也常有凡人進入神仙洞窟的故事，如晉代干寶的《搜神記》「劉阮入天台」和陶淵明筆下的〈桃花源記〉，就是其中最著名的兩個，邗子的奇遇可算是開了這類題材的先河。

總體看來，《列仙傳》中大多數篇章都很短小，文字呆板單調，正如晉代葛洪《神仙傳・序》所說「殊甚簡略，美事不舉」，但書中神仙題材的開掘、基本完整的故事情節，以及想象的神仙世界和神仙特徵，都給後世文學以有益的啟示。篇末四言八句的韻文讚語，也屬於新的藝術形式，對以後的小說創作有一定的影響。

神仙眷侶：蕭史弄玉的愛情故事

秦穆公是秦始皇統一之前秦國歷史上最有作為的君王，也是春秋時期繼齊桓公、晉文公之後的又一位著名霸主。神仙蕭史就生活在他統治下的秦國。蕭史有著高超的吹簫技藝，「蕭史」的名字正是由此得來的。每當那悠揚婉轉的簫聲飄起，便有成群美麗的孔雀和白鶴紛紛飛來，齊落於蕭史的院落中，伴隨那超逸絕俗的仙樂聲翩翩起舞，蕭史就在這樣仙、禽默契的境界裡怡然自樂。蕭史的住處離秦宮不遠，他那美妙的簫聲不光吸引了美麗的孔雀、白鶴，還深深打動了一位年輕少女的芳心，她就是穆公的小女兒弄玉。弄玉是位知音人，每每簫聲傳來，她總是凝神靜聽，細細品味，那是多麼神奇、動人的簫聲啊，她的心好像順著那簫聲徑直走進吹簫人的心中，感受到一片澄明清淨、遺世獨立的超然境界，那境界足以讓人忘卻塵世的浮躁和煩惱憂傷，歸入一片安寧與平和。弄玉喜歡這簫聲，更喜歡這吹簫人，她甚至變得有些痴迷，她的心已經完全被那吹簫人和他的簫聲所吸引去了。常常是聽到一曲終了，等不到簫聲再起時，她便會陷入無可自拔的深深惆悵中，直到簫聲再次傳來，她才會芳顏舒展，心歡意暢。但這個吹簫人到底是誰呢？終於有一次，弄玉忍不住想去看個究竟。當她循著簫聲飄來的方向，到了蕭史的住處，立刻被那簫樂與禽舞的場面深深感動了。尤其是吹簫人那橫簫獨立、瓊姿超邁的神仙風采，更讓她覺得灑脫絕倫，傾慕不已。那一雙痴迷眷戀的目光再也不願意從蕭史的身上挪開，她已經完全陶醉在蕭史展現給她的那個獨特的世界裡了。「金風玉露一相逢，便勝卻人間無數」，蕭史似乎也領略到弄玉的心意，他的心裡也暗暗愛慕起這個溫婉純情的美麗公主來。開明的秦穆公了解了女兒的心思後，就把弄玉嫁給蕭史做了妻子。從此，這對神仙眷屬相親相愛，過著琴瑟相和的幸福日子。閒來無事，蕭史便手把手地教弄玉吹簫作鳳鳴之聲。幾年後，聰明的弄玉已經熟練地掌握了吹簫技藝，吹出的聲音，真的如鳳凰鳴唱一樣優美動聽，竟惹得鳳凰常常成雙成對地飛來落在他們的屋上。在群鳳的環繞中，蕭史弄玉夫婦似乎也化作了它們中間的一對，只聽滿耳的和鳴鏗鏘，分不出哪是蕭史、弄玉的簫聲，哪是鳳凰的鳴唱。穆公看著女兒的神仙日子，打心眼裡高興，就為夫婦倆建築了一座鳳凰台。他倆此後就一直生活在鳳凰台上，夫婦合奏，與鳳凰同遊共舞。後來有一天，夫婦倆忽然都乘著鳳凰一起飛去了，從此逍遙塵外，再也沒有回到秦

宮來。秦國人失去了可愛的公主，並沒感到傷心，而是懷著非常美好的心情在雍宮中建了一座鳳女祠，以此來紀念升仙而去的小公主弄玉。據說宮中的人們還時常能夠有幸聽到熟悉優美的鳳鳴般的簫聲，大概是弄玉所吹，為了回報國人對她的厚愛的吧。

今天來看，這確是一篇非常優美動人的神、人戀情小說。它通過頗為離奇虛幻的情節，塑造了一對志同道合的美滿夫妻形象。藝術手法也比較高明。比如對蕭史這一藝術形象，作品中略形重神，沒有直接描寫他的肖像、語言、心理，而是著重描繪他「善吹簫」的特長來表現這一人物的精神風貌和人格魅力。雖不見他的音容笑貌，但他富於藝術才華的形象和藝術化的生活方式卻被描繪得栩栩如生。同時作品還通過簫聲的美妙傳神，構造神話般優美的意境和氛圍，從而突顯了人物的形象特徵，達到了「人與境合」，相得益彰的藝術效果。小說表現蕭史的高超技藝，頌揚他無與倫比的藝術才華，也沒有正面直接描寫他如何吹簫，吹得如何悠揚，而是通過豐富的想象和誇張，採取「烘雲托月」的方法，用孔雀、白鶴匯集、鳳凰來儀、弄玉的愛慕、秦人的懷念來襯托簫聲的高妙。另外，篇末寫秦人無限的追念，鳳女祠時有簫聲飄揚，也散發著濃郁的人情味。

「蕭史弄玉」的故事以其醇厚的藝術感染力，在後代廣為流傳。作為文學典故，常被歷代文學家所引用。

貢禹：反腐倡廉的諫大夫

西漢的第七代皇帝是漢宣帝劉詢，劉詢是漢武帝的曾孫，戾太子劉據的孫子。劉詢剛出生便遇上巫蠱之禍，連同家人被關押於郡邸獄中，後來被赦免，恢復貴族身份。昭帝死後，大臣霍光等人迎立劉詢為帝。他因幼年時遭遇變故，又有一段時期生活於民間，對百姓的疾苦與官吏的腐敗有一定的了解，所以即位後，宣帝劉詢施政的重要方面就是整頓腐敗的吏治，使「吏稱其職，民安其業」，取得了比較顯著的效果，史稱「中興」。

宣帝死後，劉奭即位，即為漢元帝。由於元帝放鬆了對官吏的治理，使其又迅速腐化起來。此時漢王朝積弊已深，社會矛盾日益尖銳；正是在這樣的社會背景下，老臣貢禹挺身抵制這股強大的社會濁流，向腐敗現象做堅決的鬥爭，真是難能可貴。

貢禹（公元前一二四—公元前四四年），字少翁，瑯琊（今山東諸城）人。貢禹生於

漢武帝時代，素以治經而聞名；宣帝時徵為博士、涼州刺史，後因患病而辭去了官職；幾年後，又被推舉當上了河南令；漢元帝以後，開始被重用，任命為諫大夫。此時，西漢王朝正處於由盛轉衰的消亡時期。漢宣帝末期，社會階級矛盾已日益加劇，到元帝即位時，整個西漢社會更是險象環生。一方面，豪強勢力肆虐發展，達官貴人腐敗墮落，姦佞小人橫行當道；另一方面，百姓不堪重負，窮困潦倒，苦不堪言。現舉一例為證：

孝元皇帝初元元年（公元前四八年），函谷關以東各郡共有十一處發生了水災，饑荒四起，有的地方甚至出現了人吃人的慘象。膠東、渤海等地農民暴動，已發展到「攻守官府，掠奪囚徒，搜索朝市，劫掠列侯」的程度。儒生京房曾問過元帝當今是不是「治世」，元帝無可奈何地回答說：「亦極亂耳，尚何道！」

漢元帝雖然優柔寡斷，有時是非曲直分不清，但有一條優點，那就是謙虛求教。他一登基，就希望有德高望重的人才輔佐自己，喜歡聽取他們的意見。他早就聽說琅琊人王吉和貢禹都是通達經術、德行高尚的人，便派使者去徵召他們。但王吉不幸病死在路上，貢禹被接到了京城。元帝很是尊重他，經常向他詢問治理朝政的方法。

貢禹當上諫大夫後，正遇上這一年災荒嚴重，國家財政極度困難，他向元帝前前後後進呈奏章達幾十次之多，這些諫言的內容主要是反對朝廷與大小官吏的奢侈浪費，呼籲減輕人

民的苛捐徭役的重負，提倡吏治中的廉正之風。

貢禹把漢朝自建立以來各代皇帝的消費規模和檔次一一進行列舉。他說：高祖和文、景時，宮女不過幾十人，御馬百餘匹。但後來的幾代皇帝卻爭相奢侈起來：後宮的宮女多達幾千人，御馬達上萬匹；婚喪嫁娶，大講排場。這種奢侈的風氣已由皇帝傳染給了臣屬，由宮內傳到了宮外，由此造成了害人的現象：宮內多的是大而不得嫁的女子，民間卻有許多大而不得娶的男子。這還不夠，因為陪葬規模過大，已造成虛地上而實地下的怪現象。這種種浪費削弱了國力，擾亂了綱紀，已到了非治不可的地步了。

貢禹引經據典，說古聖王時代實行什一稅，就是老百姓將收入的十分之一交於稅收，除此之外再沒有其他雜稅和徭役；徵調百姓服役一年只限三天，所以老百姓自給自足，人人都頌揚聖王之德。但現在的官吏只知揮霍奢侈，徵調無度，不顧百姓死活。貢禹還用親眼目睹的事例來揭露皇宮的腐敗，貢禹揭露階級對立、貧富懸殊是非常深刻的，他是大無畏的，他還特別提到從武帝以來，取好女數千充實後宮，影響所及，諸侯妻妾數百人、富豪官吏養歌伎的不良現象蔚然成風，他建議扭轉此風應從皇宮做起，明確提出「各離宮和長樂宮的護衛可以節省一大半，以減輕人民的徭役」。元帝馬上應允下詔，裁撤了甘泉宮和建章宮的衛隊，讓他們回家從事耕作。

值得注意的是，貢禹的這些諫議往往都被採納。究其原因，一方面是漢元帝本人樂於實施這方面的改革；另一方面，是貢禹的諫議實而不虛，多而不空，他不僅指出皇室奢侈浪費的現象，而且針對所存在的這些現實問題，提出切實可行的對策，這一點是以往諫書中少有的。例如，在批評皇上腐敗奢侈時，作者提出，皇上應仔細體察古聖先賢治國的方法，效法他們的儉約。在談到如何節省開支時，作者認為：應削減不必要的車服器物，「三分去二」即可；後宮只留二十個人就可以了，其餘的都放她們回去。御馬有幾十匹就足夠了。供皇上打獵用的獵場只留長安城南那一座就行了，其餘的應一概廢除……等等。所有這些明確具體的措施，操作性極強。元帝不能不信服，也不能不採納和實行。

貢禹上書後數月，元帝任貢禹為長信少府，後又遇御史大夫陳萬年死，貢禹又代之為御史大夫，位列三公。貢禹在御史大夫之位，又數十次上書言政治得失，所談皆為嚴肅吏治，減輕人民負擔，廣開言路，尊賢任能等。貢禹任御史大夫數月，便病老而死。元帝追思其諫書中廉政之言，竟下詔拆除郡國廟，還引起一場風波呢！

縱觀歷史，歷朝歷代都有敢於直面現實、抨擊時弊、力主改革的賢良學士。尤其在王朝由盛轉衰、每況愈下的大背景下，能出現「先天下之憂而憂」的官員，真是難能可貴。因為他們與王朝盛世的改革家相比，所面臨的局勢要險惡得多，肩上所承擔的風險要巨大得多。

而貢禹所輔佐的漢元帝優柔寡斷，忠奸不分，以至姦人當道，國力衰微，西漢王朝已搖搖欲墜如西山之落日；此時，僅靠貢禹等少數人想扭轉頹勢，已是回天無力。然而貢禹仍懷憂國憂民的古道熱腸，「舉世皆濁我獨清，眾人皆醉我獨醒」。貢禹堅信自己的以民為本、反腐倡廉的主張是永遠正確的。

路溫舒以禮勸皇上

路溫舒，字長君，鉅鹿東里（今河北省巨鹿縣）人。出身貧寒，小時候當過放牛娃。他天資聰慧，看到富人家的子弟一個個都上學讀書了，心裡十分羨慕，他不甘心長大後成為不學無術之人，決心自學成才。於是，他四處借書，不恥下問，成了牛背上的學童。有人嘲笑他，說他不知天高地厚，但他毫不理會，始終堅持不懈。家裡沒錢買學習用品，他就把水塘裡的蘆葦葉片串起來，在上面練習寫字。功夫不負有心人，沒過幾年，他已經能夠像那些進學堂學習的富家子弟一樣背誦各種經書了。

憑藉自己的真才實學，路溫舒當上了縣獄小吏。一次，太守到縣裡視察，發現他這麼一個小吏竟知識廣博，精通《春秋》經文，很受震動。太守愛惜人才，決定重用他。從此，路溫舒舉孝廉，任山邑縣丞，在漢昭帝元鳳年間升為廷尉奏曹掾（為中央廷尉長官辦理文牘的

屬官）。

路溫舒成長於漢昭帝年間，主要活動於漢宣帝時期。此時的漢王朝剛剛度過漢武帝時的全盛，開始顯露出不少衰落的徵兆。一方面，連年對外征戰的局面剛剛結束，因長期戰爭而被掩蓋了的各種內部矛盾開始暴露，階級分化導致階級對立日益嚴重，而各級官吏對人民的不滿不是採取安撫解決的積極態度，而是殘酷鎮壓，使刑罰日漸殘酷；另一方面，上自皇帝、王公大臣，下至各級大小官吏，都日益驕奢淫逸，喜好奉承，弄虛作假，使言路閉塞。對此，路溫舒看在眼裡，急在心頭。作為一名出身貧苦人家的子弟，他能夠體察百姓的疾苦，同情人民的遭遇，他反對動不動就施以嚴刑的高壓政策，主張尚德緩刑的教化政策。此外，在當獄吏期間，他親眼目睹過許多剛直不阿、敢於進言的官員，只因提出不同意見或犯過一些小的過錯就遭受酷刑，對此他十分不滿。進入官場以後，他不願隨波逐流，不願意明哲保身、碌碌無為地虛度一生；他認為上自皇帝、下至各級官吏都必須廣開言路，允許不同意見存在，只有這樣，才能集思廣益，兼聽則明。路溫舒雖然官位不高，但他不畏強勢，經常上書闡述自己的觀點，因而得罪了一批奸佞小人，他們伺機報復。漢昭帝末年，路溫舒等一批主張尚德緩刑的官員，不斷受到迫害甚至殺戮。路溫舒本人雖因「文學高第」而免遭大難，但也受到排擠，以至於他的政治主張長期得不到採用。

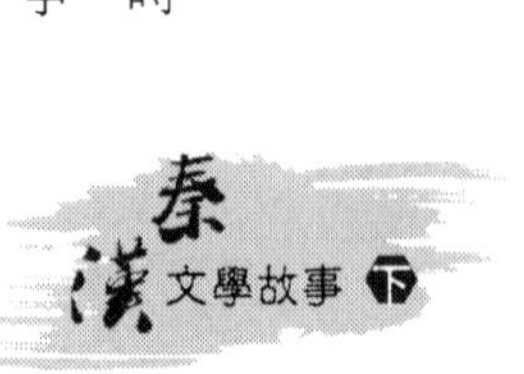

本始元年（公元前七三年），宣帝劉詢即位。路溫舒認為應趁此機會，向新君陳述利害，使宣帝一改前世皇帝的過失，弘揚先世的良風。於是他寫下了傳世名篇——〈尚德緩刑書〉，把他的政治主張寫了進去。諫書奏上去以後，漢宣帝反覆研讀，十分欣賞，立即升任路溫舒為廣陽私府長，不久，又升他為右扶鳳丞，並一度準備採納實施他的主張，進行重大的政治變革。但是，這時漢朝的權貴階層，早已陷入驕奢淫逸之中而不能自拔，朝廷中近親繁殖成風，官官相護。宣帝剛剛即位，政權尚不穩固，不願意立即興利除弊，與權貴階層為敵。因而只好採納了他的部分觀點。但是，路溫舒的這封諫書，以其精深的文筆，打動了漢宣帝的內心，從而對宣帝的執政起到了潛移默化的影響。漢宣帝即位後，採取了一些政治經濟改革措施，如慎重用官，降低鹽價，控制嚴刑酷法，減少賦稅徭役等，這在一定程度上緩和了階級矛盾，減緩了西漢王朝衰亡的速度，所以漢宣帝被封建時期的歷史家稱為「中興之主」。

漢宣帝在位期間，路溫舒經常上書闡述自己的觀點。宣帝起初還能採納他的部分建議，但時間久了，也就漸漸淡漠了；加上路溫舒為人剛直敢言，有較強的正義感，得罪了不少權貴，因而幾次遭到黜免，直到晚年才出任臨淮（今江蘇泗洪東南）太守。在任期間，路溫舒勤於政務，精於管理，全面實施自己的政治主張，短短幾年便大見成效：整個臨淮地區經濟

繁榮富足，百姓安居樂業。他因政績突出而備受群眾的擁戴。但因操勞過度，不久便病死於任上。

路溫舒以其名篇〈尚德緩刑書〉，確立了自己作為漢王朝政論家的地位。這篇諫書更重要的意義還在於，它作為我國古代一篇比較系統地論證尚德緩刑的文章，尤其是其中反對刑訊逼供的精彩論述，對後世有很大的啟發作用。

揚雄：撰寫大賦傳千古

揚雄生活在一個崇儒重文的年代。他的同鄉司馬相如，是漢武帝時代最有才華的辭賦家。其經歷和成就，對揚雄產生了很大影響，使他一心向學，不再做別的打算。

揚雄的家庭比較貧困，他的祖輩一直以「農桑為業」，家庭並不富有。到他这一代，只有農田百畝，房子一處，家產很少，幾乎沒有什麼積蓄。貧困的生活養成了他儉樸灑脫、不追求名利的性格，而崇儒重文的時代風氣，也使他堅信，自己的努力終究會有結果的。

揚雄出仕很晚。四十多歲之前，他一直在家鄉過著勤儉的讀書寫作生活，辭賦創作自然是他全部寫作生活的重心所在，而屈原和司馬相如則成了他最好的學習對象。經過不懈的努力，他終於取得了突出的創作成就。出蜀之前，揚雄就已經嶄露頭角，成了知名的辭賦作家。

在這期間，揚雄寫出了有名的〈反離騷〉與〈蜀都賦〉，前者是有感於屈原一往不返的精神而作的，屬於騷體賦的範圍，後者則妙筆生花，歌頌他的家鄉巴山蜀水，屬於散體大賦的範圍。由於揚雄與屈原在思想上有距離，所以，〈反離騷〉寫得並不很出色。但〈蜀都賦〉卻發揮了揚雄長於鋪排、熱情洋溢的文學特長，生動感人，對後來盛極一時的京都賦，產生了深遠的影響。

經過長期的磨練，揚雄於成帝元延元年（公元前一二年）來到首都長安，經漢成帝身邊同鄉楊莊推薦，得到了成帝的召見，一年後，正式成為成帝身邊的文學侍從。接下來的兩年中，他一邊繼續讀書寫作，一邊以飽滿的熱情，投身於成帝時代的政治活動，寫出了奠定他在文學史上地位的〈甘泉〉、〈河東〉、〈羽獵〉、〈長楊〉四賦，以他特有的方式，對成帝時代的政治進行諷諫。

從四篇賦序中交代的時間來看，最早出現的一篇是〈甘泉賦〉，寫作時間是成帝元延元年（公元前一二年）正月成帝於甘泉宮祭天求子行動之後。作品總體上以時間順序展開，但在實際描寫過程中，卻是一種空間的自由延伸，這也是由此賦鋪排帝王氣概的特色決定的。開頭是寫皇帝出發時車馬眾多，護衛森嚴，接下來是帝王輦車裝飾精美豪華，再以後是從遠處望甘泉宮的景象：甘泉宮的通天台高聳入雲，立於廣闊無邊、一望無際的皇家園林中，真可說是美不勝收。來到甘泉宮，宮內宮外，輝煌壯麗。其精美程度，簡直可以和天帝的住所媲美；建築水平，連魯班、王爾這樣的能工巧匠也要自嘆不如。由此，作者聯想到夏朝和商朝的末代皇帝夏桀和商紂王的璇室和傾宮，用一種看似無意的對比，向成帝發出諷諫。

在描寫祭天場面的時候，作者充分展開了聯想的翅膀，塑造了他理想中的明主聖君的形象。他寫道：於是皇帝處於優美的環境中，澄心靜氣，默默地向上天祈禱。皇帝想得真遠，他想到了《詩經・召南・甘棠》篇中所歌頌的召伯那樣的美德，他羨慕《詩經・豳風・東山》讚揚的周公所建立的功業。想到西王母欣然為他祝壽，感悟到沉溺酒色是不好的，於是迴避了玉女，讓宓妃離開。總之，由於皇帝的聖明，出色地達到了祭天的目的。

這篇賦不愧是揚雄的代表作，它充分展示了揚雄鋪陳誇張描摹的才能。在他的筆下，天上人間合而為一，人神處在同一起跑線上。這樣的描寫比之於其他賦家的靜止刻板的堆砌辭藻，無疑是生動多了，也活潑多了。

〈河東賦〉寫於同年三月，是四大賦中最短小的一篇，全文僅四百五十多字。寫成帝橫渡黃河祭後土（祭地）活動。賦的開頭對成帝出行和祭祀行動作了一番鋪陳，然後以主要的篇幅寫成帝對上古清明政治的追想以及作者的勸諫之言，由於缺乏相應的鋪排描寫，就展開說理，所以，這篇作品顯得說教有餘，感染力不足。揚雄所處的時代，政治形勢已有了很大

的改變，武帝時代的昌盛已成為過去。成帝的平庸腐化，使國家形勢急轉直下。作為一個儒家知識分子，揚雄看到了這種情形，感受到了危險，他有意淡化賦作的歌功頌德的色彩，加強勸諫的力度。〈河東賦〉的這種寫法，也就不奇怪了。

〈羽獵賦〉和〈長楊賦〉是寫帝王的郊獵活動。古代的郊獵，是帝王的一項重要活動內容。由於儒家強調帝王的文才武略，帝王也多願意顯示自己不同一般的武功，於是郊獵活動就成了歷代帝王所愛好的一種活動。實際上，多數帝王沉溺其中，把它變成腐朽生活的一部分，極少考慮它的政治、軍事意義。原本具有特殊意義的郊獵活動，實際上卻成了完全沒有意義的東西。揚雄所面對的正是這樣一種現實。〈羽獵賦〉寫於元延元年（公元前一二年）十二月的冬獵行動期間。作品先寫皇帝郊獵的初起階段：正是寒冬臘月、天寒地凍、萬物凋蔽的季節，皇帝打開宮門，將要開始一次郊獵。所謂兵馬未動，糧草先行。皇帝還沒有動身，準備活動已緊鑼密鼓地展開。管理山澤的官員在檢點所轄區域的情況，四面八方已堆放好了活動需要的物品，護衛部隊已布置妥當，清理障礙的人員在緊急行動，圍獵的軍隊、車輛在絡繹不絕地進進出出。郊獵活動還未開始，那種緊張的氣氛已咄咄逼人了。

等一切準備好後，皇帝開始出場了。他撞響了宮中的大鐘，樹起大旗，駕起車子，開始出發了。車輛馬匹，浩浩蕩蕩，長驅直入，如入無人之地。作者縱筆描寫了勇士們英勇向前與野獸無畏搏鬥的場面：他們拖倒野豬，踐踏犀牛，蹬踹行動迅速的麋鹿，搏殺黑色的猿猴……圍獵的部隊縮小包圍圈，總攻開始了。猝不及防的攻擊，使飛鳥來不及飛，野獸來不及跑，飛車走馬，山搖地動，禽獸實在跑不動了，只能躺在網中喘氣，部隊疲倦懈怠，只能眼睜睜地看著禽獸在跳躍掙扎，無動於衷。

面對這樣的盛況，賢人們感慨了，他們說：「多麼崇高的德業呀！就是上古的隆盛時代，哪裡能超過現在呢！上古那些封禪的行為，除了我們這個時代，還有誰能做出呢。」天子原本要開展更大規模的田獵活動，聽他們這麼一說，倒不好意思了。於是，他停止了一切勞民傷財的活動，廣施仁愛，國家終於達到了連上古昌盛時代都比不了的水平，社會也終於進入了清明的時代。

〈羽獵賦〉以傳神、誇張的手法，生動地描寫了天子曠古未有的郊獵景象，展示了揚雄不同一般的鋪排張揚的才能。與此同時，作者對統治階級的勸諫，也就包含在這些謳歌美化之中。實在說，這不是正話反說，而是通過塑造理想的天子形象，來達到針砭的目的。至於作品很難達到勸諫的作用，歸根到底是帝王頭腦發熱，辭賦家對這一點就難以有所作為了。這可能也是揚雄後期激烈否定辭賦的原因之一。

〈長楊賦〉是描寫成帝元延二年（公元前一一年）秋天的田獵活動的。和〈羽獵賦〉不

同，這篇賦沒有鋪排驚心動魄的狩獵場面。而是重點發掘成帝狩獵活動的意義，正面引導成帝注重狩獵活動的政治、軍事意義。有人說這是一種高明的勸諫，我們也不難體會到這種特點。

揚雄以他驚人的天才，在短短兩年多的時間內，寫下了流傳千古的四篇名賦，一舉奪得了賦壇桂冠，成為僅次於司馬相如的著名賦家。可惜的是，隨著成帝時代的結束，西漢王朝進入了動盪衰落期，揚雄的創作激情，因政治激變而一落千丈。晚年揚雄的興趣轉入到更具批判意義的抒情賦寫作和學術研究方面，大賦寫作已成為過去。儘管揚雄在成帝死後，已結束了他的大賦創作。然而，綜觀他的一生，揚雄基本上畢力寫大賦，至少是在他自己一生中最好的時間裡，是在專心作大賦。

望帝化鵑的美麗傳說

在秦漢以前，遙遠的西蜀大地上，就曾經存在過一個古老的國度——蜀國。人們世世代代過著安居樂業、悠然自得的日子。這裡不但山川秀美，物產富饒，而且還人傑地靈，相傳最早統治過這塊土地的三代君主蠶叢、柏砽、魚鳧都非常賢明，他們各自執政好幾百年，深得老百姓的擁護和愛戴。據說他們相繼退位後，都神化不死。由於他們德高望重，蜀國的老百姓非常捨不得他們離開，於是很多人也紛紛跟著一塊兒化去了。但這樣一來，蜀地的人煙就漸漸稀少了。直到有一天，有個名叫杜宇的人從天降生。杜宇看到蜀地的老百姓確實很盼望再有位賢能的君主，於是就自立為蜀王，號稱「望帝」。杜宇的妻子叫利，是從江源地方一眼古井裡生出來的，也很具傳奇色彩。他們夫婦倆身上秉承了天地英華，神明異常。杜宇執政後，兢兢業業，把蜀國治理得有聲有色，深得民心，所以先前隨從先王化去的那些人，

又重新跑出來跟著他了。

望帝統治蜀國有一百多年的時候，在臨近的楚地（今湖北、湖南一帶）發生了一件怪事。一個名叫鱉靈的人，忽然死去後，屍體不見了。楚人四下裡尋找，也沒有發現。原來屍體到了長江裡，逆流而上，漂到了上游的蜀國。更奇怪的是，鱉靈的屍體到了望帝的都城郫後，竟然死而復生了。他聽說望帝杜宇很賢明，就前往拜見，請求在他手下效力。望帝正好缺乏一個得力的人來輔佐自己，聽說鱉靈的經歷後，心裡知道他是個異人，於是就讓他做了自己的國相。鱉靈果然不負所望，很快顯露出他治國的才幹。不久，蜀國境內的玉壘山忽然發了大洪水，死了很多人，蜀國上下頓時陷入動盪不安之中。一向愛民如子的望帝心中非常焦慮，就和鱉靈一起商討對策，並委派鱉靈負責盡快治好水患。鱉靈受命後，就帶領人馬出發了。他像當年的治水英雄大禹一樣，總是親臨治水第一線，指揮開工。終於推倒了玉山，鑿斷了巫山，開通了三峽，疏導了渠道，止住了洪水肆流的局面。鱉靈治水有功，進一步在老百姓心目中留下了好印象。

鱉靈當初到蜀國，娶了一位美貌多情的妻子，在他治水離家時，便把全家託付給望帝照顧。望帝心中對這位溫柔多情的女子，很有些好感，而鱉靈的妻子也素來仰慕偉岸英武的望帝。天長日久，兩人心中由相互好感而相互愛戀，時間久了，兩人情愫漸增，終於有一天控制不了自己的感情，有了非禮的交往。當鱉靈治水歸來後，望帝心想鱉靈在外，辛辛苦苦地治理水災，為民除害，自己卻在家中貪圖一己之樂，與臣下的妻子私通，實在是件道德敗壞、有失體統的大醜事。他深覺慚愧至極，無顏再與鱉靈共事，就以鱉靈治水有功，自己居位已久為名，把王位傳給了鱉靈，然後一個人悄悄隱去了。據說，望帝離去時，化作了子規鳥，即杜鵑，一路哀鳴不已。其實，那聲聲不絕的哀唱，正是他捨不得他深愛的祖國和朝夕相處的子民們的痛苦心情的抒發啊！他雖然一時為情所惑，做出了不道德的事，但在老百姓的心中，他畢竟是位功績卓著的英明君王。蜀人並沒有因他的一時之錯而拋棄他，相反的是總有割不斷的深深懷念。每每春天來臨，人們聽到杜鵑鳥的叫聲，總是念叨起他們的望帝，總以為他們的望帝回來了。

鱉靈即位後，號稱「開明」，從此後，蜀國的歷代君王便都以「開明」為帝號。與《蜀王本紀》稍有不同，關於「望帝化鵑」的另一傳說是：鱉靈這個外來戶，治水歸來後，居功自傲，又抓住望帝私通他老婆的把柄，把望帝逼走而奪了他的帝位。望帝出逃後，屢次謀求復位而不得，憂心而死，魂魄化為杜鵑鳥，每逢春暮，就夜夜哀啼，以致泣血。

總之，不管哪種說法，望帝在故事中都是一個治蜀有方，愛國愛民，對蜀國的生存和發展有過大功大德，備受人民擁戴的君主，一個位失身死、靈魂難安的悲劇人物形象。「化

鵑」的奇異傳說，更給這個故事本身增添了一份淒婉迷人的悲劇美。而把上述兩種說法結合起來，我們似乎又能從中隱隱約約地發現一絲當年古蜀國的一場政治鬥爭的隱秘。

《西京雜記》：秦漢遺聞大觀

《西京雜記》一書，相傳最初為劉歆所作。劉歆曾受詔與他的父親，即著名學者、目錄學家、文學家劉向一起總校群書，因而收集了大量材料，準備撰寫一部《漢書》，編錄西漢一代的歷史，後未成而逝，只留下草稿。據晉人葛洪（公元二八三—三六三年）《西京雜記．題辭》中稱，其家世傳有劉歆《漢書》草稿一百卷，經考校，發現班固所作《漢書》「殆是全取劉氏，有小異同耳」。於是兩相對照，把班固以為不宜於正史採錄，因而沒有選用的材料，大約兩萬字左右，單獨抄出，再加上其他所聞，共兩卷，始命名為《西京雜記》，在流傳過程中，大概後人又有所增補，今天所見共有六卷。

《西京雜記》，題稱「雜」記，內容的確很博雜，大凡西漢的一些典章制度、宮廷秘事、名將功臣遺聞、文人方士技藝、民間風俗人情，以及部分怪異故事等，多有輯錄，保存

了很多西漢的社會掌故，堪稱西京遺聞大觀。其中的人物軼事，涉及社會的各個階層，題材廣泛，頗具小說雛形，開了後世志人小說的先河，有些還多被以後的小說、詩歌、戲曲所取材，成為膾炙人口的文學典故。正如《四庫全書總目》中說《西京雜記》「所述雖多為小說家言，而摭採繁富，取材不竭，李善注《文選》，徐堅作《初學記》，已引其文。杜甫詩用事謹嚴，亦多採其語，詞人沿用數百年，久成故實」。

如張彥遠《歷代名畫記》所載毛延壽畫王昭君的事便引自《西京雜記》。據說漢元帝的后妃宮女眾多，不能一一召見，於是找來京城的畫師為這些美人畫像，呈交漢元帝。畫像上看起來漂亮動人的那些妃嬪當然受到元帝召幸。這麼一來，諸美人便競相賄賂畫工，多的十萬錢，少的也不下於五萬，以求把自己勾畫得更加楚楚動人，受到君王青睞。唯獨王昭君不慕勢利，執意不肯拿錢賄賂畫師。畫師懷恨在心，就故意把原本羞花閉月、風華絕代的王昭君畫得很一般。元帝自然看不上畫中的王昭君，因此一直都沒有召見她。後來正巧漢與匈奴實行和親政策，匈奴單于請求漢宮賜一位美人做他的王后，元帝答應了。於是讓人拿來後宮美人圖，選定了王昭君。等到臨行那天，元帝召見昭君，才發現她竟然是貌勝西施，婉約迷人；囑辭善對，談吐不凡；又加上舉止閒雅端莊，與畫中人簡直有天壤之別，堪稱后宮第一！元帝心下悔恨不已。然而金口玉言，名分已定，又不能反悔於當時實力頗強的匈奴人，不得已，只得遣使護送昭君出塞。昭君走後，元帝心中確實是怨恨交織，割捨不下。於是細查畫像經過，了解了其中的原因。盛怒之下，便把所有的畫工統統殺了，棄屍街頭。當時著名的畫師如毛延壽、陳敞、劉白、龔寬、陽望、樊育等都在其中，京城畫師，損失殆盡。這是一個極其哀豔動人的悲劇，它暴露了漢元帝的昏聵腐朽，對內、外俱美的王昭君的不幸寄予了同情。歷代帝王，大都過著腐化生活，似已不足為怪，而漢元帝後宮美人之多，竟至於令「畫工圖形，案圖召幸之」，更是昏庸、荒唐得出奇！王昭君的悲劇，歸根結底是由腐朽的封建帝王多妻制所造成的。

《西京雜記》中有關漢高祖劉邦的記述，則往往側重其富有人情味的一面。如〈高祖作新豐〉，寫劉邦在長安稱帝後，父親太公過不慣帝王家生活，寂寞無聊得很，總是念叨起以前在家鄉時與那些販夫走卒，「酤酒賣餅，鬥雞蹴鞠」，任意為樂的日子。於是，劉邦為迎合太上皇的念舊心理，不惜耗費鉅資仿故鄉豐邑原貌建造了新豐，又遷徙家鄉故舊父老、無賴之徒伴太上皇一塊生活。劉邦這一舉動雖有濫用王權、浪費民脂民膏之嫌，但也見出他敬重父親，平易對待家鄉故舊的正常人情。

《西京雜記》還記載了其他多方面有文學、歷史價值的人物掌故。如「曹敞」條寫吳章的弟子曹敞平常不拘小節，而到了吳章被王莽所殺，「弟子皆更易姓名，以從他師」的患難

之際，唯獨曹敞敢於自稱「吳章弟子，收葬其屍」。表現了曹敞的至情至性和過人的義氣節操。而「匡衡」條則刻畫了一個名垂千古的刻苦勤學的青年形象。匡衡小時候，家中貧寒，晚上看書買不起蠟燭，於是就在自家牆上穿了一個洞，藉著從鄰家透過來的微弱燭光用心苦讀。這就是著名的「鑿壁偷光」的故事。匡衡同鄉有戶有錢的大姓人家，雖不識多少字，藏書卻很多。匡衡在他家當傭工，跟主人說自己不要工錢，只要能允許他遍讀家中的藏書就可以了。主人大為嘆賞，送了許多書給他，匡衡終於成為大學者。匡衡曾精研《詩經》，當時流傳著「無說《詩》，匡鼎來；匡說《詩》，解人頤」的說法，鼎是匡衡小名，誰心有煩惱，聽了匡衡說《詩》，就會開懷歡笑。可見他「詩學」造詣之深。又說他的同鄉中也有說《詩》的，匡衡就與他一塊討論，相互質疑，同鄉人自嘆不如，慌張而去，連鞋子都穿倒了，匡衡還追著人家，大叫：「先生留步，還未討論完呢。」簡直就是一個書迷、書痴的形象。雖沒有肖像描繪，讀後卻讓人如見其形，如聞其聲。

有關下層勞動人民的故事，最為動人的是「秋胡戲妻」。寫的是魯人秋胡，結婚三日，即外出遊學求官去了。三年後，秋胡為官回鄉探親，路經家鄉桑園，見一婦人採桑，身形姣好，就掏出一塊金子要送給婦人，想與她求歡。婦人正言厲色道：「妾有丈夫，遊宦未返，我深閨獨處三年了，從沒像今天這樣受人侮辱過。」自顧採桑，不理會秋胡。秋胡只得訕訕而去。回到家中，聽說妻子去野外採桑，還沒回來，心裡就有點犯嘀咕。過了一會兒妻子回來了，果然就是先前的那位採桑女。秋胡妻一見自己的夫君原來就是剛才送金調戲自己的輕薄好色之徒，心中又羞又憤，竟跳進沂河自殺了。這一悲劇故事反映了勞動婦女在封建社會中的不幸處境，同時也對秋胡妻的勤勞正派、矢志不渝有所歌頌。她的義正辭嚴讓人敬愛，她的赴水而亡，令人哀惜。後世不少戲曲、小說據此改編，元人石君寶〈秋胡戲妻〉雜劇，還把「赴沂而死」的悲劇結局，改成了婆婆以死勸解，妻子終認秋胡，以大團圓結束的喜劇。

《西京雜記》記述人物故事，不像《韓詩外傳》、《說苑》、《新序》等寓故事於說教中，而是貼近生活，雜記各類人物的日常行為軼事，人物真正作為故事中心被描畫。音容笑貌、精神性格各具特色，活靈活現。除了長於構思，情意俱佳外，《西京雜記》的文筆也較簡潔優美，讀來朗朗上口，正如魯迅所稱，此書在古小說中「固亦意緒秀異，文筆可觀者也」（《中國小說史略》）。

才女班婕妤為自己寫悼詞

在中國古代為數眾多的不幸宮妃中，班婕妤是少有的才女典型。

班婕妤，今陝西咸陽西北人。她的真實名字已經失傳，婕妤是當時嬪妃的官號，因此她以姓和官號流傳於後世。班婕妤是左曹越騎校尉（越人騎兵部隊指揮）班況的女兒，班固的祖姑，是個有才學的女文學家。班婕妤大約生於漢元帝初年（公元前四八年），卒於漢哀帝建平元年（公元前六年），享年四十餘歲。

班婕妤出身於官宦家庭，自幼受到了良好的家教。有很高的政治素養和文化才能。成帝初年，班婕妤被選入宮中，憑著她的聰明才智，她在首次進入後宮的時候就被授予少使官號。後宮佳麗三千，共分為十四級，少使是後宮嬪妃中的第十一級。

班少使雖為女子卻多才多藝，她熟讀《詩經》等文化典籍，還寫得一手好賦。她深諳

「婦德」，懂得怎樣做一個貞順的女子。她的一言一行都合乎禮的規範。在那個「女子無才便是德」的封建社會，像她這樣的才女可以說是寥若晨星，這使她在後宮佳麗中顯得分外出眾。所以儘管她地位低賤，還是很快引起了成帝的注意。成帝頻繁親近她，對她很是寵愛。不久，她由少使被提升為婕妤。婕妤是嬪妃中的第二級，地位相當於上卿。並沒有多少家庭背景的班婕妤，憑著自己的品德素養，一躍成為成帝身邊最親近的人，也開始了她短暫的榮寵時期。

皇城的後宮，分成八個區域。皇后和嬪妃按照身份，居住在不同的區域。班少使做了婕妤之後，搬進了三區——增成舍居住。有時成帝還帶她到別的處所遊玩、下榻。

不久，她在一所別館裡生下一個男孩，這對班婕妤來說，無疑是喜上添喜。她因此也更加受到成帝的呵護。遺憾的是孩子不久就夭折了，這對班婕妤來說，是一個巨大的打擊。她強忍著悲痛，度過了這一段艱難的時期。讓她感到欣慰的是，成帝暫時並沒有因此疏遠她。在成帝的嬪妃中，她的地位也僅次於成帝的正宮夫人——許皇后。

可惜的是，這樣的日子並沒有持續太長的時間，成帝對班婕妤的興趣不久就轉到了更為誘人的女色方面。專制政治的特點決定了帝王的行為不會受到任何的制約，好多帝王也明知沉溺女色，無異飲鴆止渴，但仍然樂此不疲，關鍵的原因也在這裡。這是一切專制帝王的悲

劇所在，也是班婕妤這樣有才華的女子的悲劇所在。

果然，成帝不久就在陽阿公主家發現了官奴趙飛燕，一見便大為傾心，當晚就用車將飛燕載入宮中，並迅速冊封為婕妤。趙飛燕平步青雲以後，許皇后和班婕妤成了她進一步獲得貴寵的絆腳石。為了弄倒班婕妤和許皇后，鴻嘉三年（公元前一八年），她在指控許皇后的姐姐用巫術詛咒皇帝的時候，也告了班婕妤一狀。班婕妤受到有司拷問。大難不死的班婕妤，自知不是趙飛燕這樣奸詐之徒的對手，於是主動請求去長信宮侍奉成帝的母親王政君，成帝答應了。

退居長信宮的班婕妤百感交集，思緒萬千。捫心自問，她自覺心中無愧，可她又無法解釋眼前發生的一切。帶著清醒與迷惘混雜的複雜心情，她提筆寫下了千古傳誦的名篇〈自悼賦〉，對自己的一生做了心酸的總結。她說：既然得到的遠遠超過了自己的名位，所以自以為是天下最幸福的人了。為此，每日每夜都憂慮不安，唯恐有什麼過失。常常手握佩帶自我反思，以古代的貞女形象對照自己。讚嘆上古虞舜的兩位妻子娥皇與女英的忠貞。尤被周文王、周武王的母親忠愛國朝的行為所感動。她自認雖然秉性愚頑，沒法與他們相比，但又哪敢有一點鬆懈呢？後來，雖有幼子夭折的隱痛，但皇帝並沒有怪罪於我，這對我來說，是最大的安慰。如今我奉命來長信宮侍候太后，可以到死為止了。唯一的願望是死後能埋在山中，讓松柏與我為伴，就滿足了。

後人在談到班婕妤的〈自悼賦〉時，常常遺憾她夫子氣太濃，認為班婕妤中封建禮教的毒太深。實際上，〈自悼賦〉中表現的清醒堅定是一種表象，隱藏在這清醒、堅定背後的一代才女的悲哀和失落才是真的。

綏和二年（公元前八年），漢成帝駕崩，班婕妤自請看守陵園，不久，她也死去了。在孤獨淒涼中度過後半生的班婕妤，心中會不會有遺憾？我們不得而知。但我們分明看到了罪惡的後宮制度所造成的一幕幕悲劇。

漢宮飛燕史有外傳

「一枝紅豔露凝香，雲雨巫山枉斷腸。卻問漢宮誰得似？可憐飛燕倚新妝。」這是唐代大詩人李白專詠楊貴妃的〈清平調〉中的一首。詩裡提到的「飛燕」，即趙飛燕，是西漢成帝的皇后。傳說她楚腰纖弱，輕便如燕，似乎能作掌上舞。不光在當時憑藉這個特殊技能獨寵於後宮，她的豔名、豔跡還遠播後世，廣被採入詩、詞、文、賦等文學作品及民間傳說故事中。小說《飛燕外傳》就是這方面最典型的代表。

《飛燕外傳》也作《趙飛燕外傳》或《趙后別傳》，一卷。最早見錄在南宋人晁公武的《郡齋讀書志》中。後來，《顧氏文房小說》在收入此書時，又錄有一篇自序。根據這篇自序，可知：作者伶玄，字子於，西漢潞水（今山西潞城縣東北）人，博學無所不通，尤精於音律，善寫文章。他的文風簡率而真樸，個性鮮明，不屑於師法前人。素與西漢末著名的文

學家揚雄相往來，後王莽篡漢自立，揚雄屈服於新莽政權，伶玄不齒他的為人，就跟他斷了交。伶玄自己在漢朝做過司空小吏、淮南相、河東都尉等官。漢哀帝的時候，他告老還鄉，買了一個小妾，名叫樊通德。通德的父親樊不周是漢成帝的近侍宮人樊嫕的姪子，所以對於漢成帝與趙飛燕的宮中佚聞，通德有所了解，閒來說與伶玄聽，玄有感於前朝豔事，於是加以整理，撰寫了這篇《飛燕外傳》。

《外傳》主要記述了趙飛燕姐妹同侍漢成帝並爭寵淫亂後宮的故事。大致情節是這樣的：趙飛燕的父親馮萬金，曾隨江都王孫女姑蘇公主嫁給江都中尉趙曼。由於萬金為人機靈乖巧，又擅奏靡靡之音，所以深得趙曼的賞識，被視為心腹家人。趙曼身染疾病，不近女色，公主深閨幽處，日子久了，頗感寂寞。後與萬金私通，生下了飛燕、合德這一對孿生姐妹，冒充姓趙，但隨生父馮萬金生活。姐妹二人皆生得絕世容姿，姐姐飛燕豐若有餘，柔若無骨，身體輕便纖細，舉止翩翩欲仙，被時人喻稱「飛燕」；妹妹合德，則肌骨豐盈，出浴不濡，音辭舒緩清切，性格醇厚恬靜。萬金死後，馮家逐漸敗落，姐妹倆輾轉流落到了都城長安，過著較為貧寒的生活。但二女本有勝人殊色，且又自幼聰明靈巧，終於因緣巧會，時來運轉。先是姐姐飛燕由於阿陽公主家的舉薦，得以入宮，立即受到漢成帝的特別寵幸，號為趙皇后。但飛燕命中無子，想想紅顏易老，有朝一日色衰愛弛，自己就無所依靠了，所以為了固寵，飛燕就聽信了樊嫕的勸言，將妹妹合德引入宮中，獻給成帝。成帝對合德的寵愛，比起對飛燕，有過之而無不及。從此，姐妹二人共媚成帝，淫亂後宮。終於，漢成帝因為縱慾過度而身亡，太后把罪過算在合德的頭上，合德不服，嘔血而死。

《飛燕外傳》這部作品首尾完整，渾然一體，基本按照時間先後順序，以事件的發展過程為線索，但又避免了流水賬式的平鋪直敘，而是寫得波瀾起伏，血肉豐滿。特別講究張弛相間，疏密有度。既有細針密線式的詳盡描述，也有一筆帶過的簡略交代。大體說來，對於飛燕姐妹的出生，貧寒的家庭生活，及寄人籬下時與羽林郎的私情等，用筆較簡省，而大部分的篇幅和筆墨則用來重點描述飛燕姐妹先後入宮後，如何媚惑人主，如何得寵，又如何妒忌爭寵與最終和解，以及如何私通宮奴，淫亂宮中等情節。通過對飛燕、合德姐妹倆宮中生活的生動刻畫，暴露了封建帝王的淫奢腐朽，同時也反映了帝王后妃婚姻生活既可鄙又可悲的特殊性質。漢成帝的荒淫無度，窮奢極慾，寵趙氏姐妹以滿足自己的聲色之好，最終落得個悲劇下場，可謂是後世帝王如陳後主、隋煬帝、唐玄宗、宋徽宗等人的先導。

跟漢代的其他小說相比，《飛燕外傳》在藝術上是獨樹一幟的。除了情節的完整與委婉曲折，題材也已完全轉向人間生活，以寫人寫情為主。藝術描寫上已較成熟，文學意味大大增加。作者不是單純地敘述故事，而是比較注意通過肖像、語言、神態、心理的描寫及渲染、對比、襯托等各種藝術手法來刻畫飛燕、合德的人物形象，並把人物放在特定的環境背景下，表現人物性格的發展變化。

進宮前的趙氏姐妹雖生於聲樂世家，能歌善舞，但卻是私生子的特殊身份，父死家敗後過著輾轉流離、寄人籬下的貧寒生活。在這一部分，作者著重表現了飛燕姐妹的聰明美麗、溫婉多情及流落長安期間堅強自立的品格，並對她們相依為命的不幸遭遇寄予了較多的同情。作品中對姐妹倆因生活困窘，以至不得不共眠一被的描寫，以及飛燕與鄰家羽林郎雪夜幽約的情節讀來頗為淒婉動人。

然而姐妹倆相繼進宮得寵後，隨著地位、境況的巨大改變，性格也向著奢侈淫亂的方向惡性發展。尤其是飛燕，在與妹妹合德爭寵的過程中變得暴虐嫉妒，陰險詭譎。有個叫燕赤鳳的宮奴，同時跟飛燕、合德都有私通關係，有一天剛剛從合德所住的少嬪館出來，正好被前來看望妹妹的飛燕瞧見。當姐妹倆並坐共賞一首叫〈赤鳳來〉的曲子的時候，飛燕故意藉題發揮，問合德：「赤鳳為誰而來呀？」合德知道姐姐的妒性又發，故意逗她道：「赤鳳自然是為姐姐而來的，別的還能為誰呢？」飛燕一聽這話，勃然變色，順手抓起一只杯子就猛抵住合德，破口罵道：「你這不知天高地厚的賤婢子，真能血口噴人！」完全不顧惜姐妹之情。

與飛燕相比，作品對合德的淫蕩的宮廷生活雖也不無微詞，但主要的還是突出她性格中克己謙讓、寬厚大度的美好一面。比如合德剛進宮時，漢成帝召幸她，她執意不肯與成帝親近，並說，如果不經姐姐的同意，自己寧肯受辱而死，也不能背著姐姐接受成帝的愛幸。因為她深知當時姐姐的妒性，所以不願在這事上跟她爭，惹她不高興。但是飛燕的妒性並不因姐妹親情而有所收斂，當她看到成帝越來越寵愛合德，遠勝過自己時，還是禁不住醋意大發。而合德總是對姐姐謙讓著，並不與她爭執，平日裡見到姐姐總是像晚輩見到長輩那樣畢恭畢敬地參拜。有一次，合德又去看望姐姐飛燕，閒坐時，飛燕偶然吐了一口痰，正好吐在合德的衣袖上，不知是有意還是無意。眾目睽睽下，合德並沒有因此尷尬生姐姐的氣，反而滿面含笑地對著姐姐自我解嘲道：「姐姐的唾液沾在我的衣袖上，真好像石頭上開出朵美麗的花呀！」當因燕赤鳳的事而致姐妹反目，飛燕激怒之下侮辱合德時，合德含淚下拜，動情地說：「姐姐難道忘了當初共被長夜，苦寒難眠時，讓合德擁著姐姐的後背以取暖的事了麼？現在一旦富貴，就要事事爭強好勝，連妹妹都容不下。外人尚且沒對咱們怎麼樣，難道咱們姐妹倆忍心自己跟自己過不去麼？」終於以相依為命的往日親情和一片誠懇之心打動了飛燕，換得了姐妹倆的和解。對比之下，作品對二人的褒貶態度，顯而易見。

從整個古代文學發展史看，《飛燕外傳》不光在漢代小說園林中占有獨特地位，其對後代文學創作也有較大的影響。就其文筆來說，可稱得上一篇早期的「唐傳奇」；而關於男女間私生活的露骨表現，則直接影響了明清世情小說中的性描寫。諸如春宮藥術之類，後世與此一脈相承又有所發展。《金瓶梅》中西門慶之死，與漢成帝縱欲亡身，也頗為相似。

《括地圖》：描繪異域眾生相

《括地圖》是在《山海經》的影響下，模仿《山海經》而作的一部圖文兼備的地理博物體志怪小說，作者不詳。原書早已散佚，只在其他古代典籍中零星地載有一些片斷。從中可以看出它的地理觀念淡薄，不像《山海經》等書那樣分成幾個方位，按照一定的順序依次記述，也不大寫什麼名山大川。內容大多是有關殊方異族的各種畸形怪人的傳說，給我們描繪了一幅幅異域眾生相。

如貫胸國的記載：當年大禹治水成功，安定天下後，曾在會稽山（今浙江紹興境內）上集合各個部落，召開慶功大會。大家來到後都熱烈地談論著治水的事情，交口稱頌大禹的無上功德。南方有個防風部落的首領防風氏，向來對大禹有點不太服順和恭敬，這次就故意姍姍來遲。對他的這一舉動，很多人都感到不滿，紛紛向大禹提出要懲罰他。於是大禹順從眾意，把防風氏殺了。由於禹的仁德感動了上天，天帝就給他降下了兩條神龍。正好在會稽山之會後，大禹想巡行天下，視察民情，於是就讓他手下善馴百畜的范氏為他駕馭這兩條神龍出發了。一路上看到老百姓在洪災過後，已經安居樂業，大禹心中很是寬慰和滿意。途經南海一帶防風部落的時候，正巧碰上防風氏的兩個手下，因為首領在會稽被殺的事，他們一直對大禹懷恨在心，此刻相見，不由分說，便搭弓拉箭向大禹射去。不料沒射中大禹，卻激怒了天庭，只見明麗的天空，登時電閃雷鳴，風雨中兩條神龍驚飛而去。防風氏的手下見觸怒了天神，很是害怕，又擔心禹會懲罰他們，就自己用利刃穿胸而死了。大禹十分哀憐他倆的忠誠和剛烈，就替他們拔去胸口利刃，再用不死草覆蓋其身，很快就把他們救活了過來。防風部落感戴大禹的恩德，都俯首歸順了。但從此後，防風氏的兩個手下，卻始終在胸口處留下了一個難以癒合的窟窿，他們的後代也跟他們一樣。這就是貫胸國的由來。貫胸國的傳說在先秦時的《山海經》、《尸子》等書裡就已經出現，但相當簡略。《括地圖》發展了這一傳說，並給附上「諸侯大會會稽山」、「夏禹巡視天下」、「以德歸服防風部落」的情節，在奇異的傳說中，表現了大禹與防風氏的矛盾衝突，讚揚了大禹的賢明和功德。禹的形象是通過「會稽大會」、「天降二龍」、「以德報怨」三個小環節突現出來的。晉張華《博物志》和後來的《異域志》都重錄了這個傳說。

再如奇肱國。奇肱，是指獨臂，據說這個國家的人，都天生只有一隻胳膊。雖看似殘廢，卻個個心靈手巧，他們不光能發明一些機巧的器具捕殺百禽，還擅長製造飛車。這種飛車十分輕快便捷，碰上大風天氣，能夠在空中乘風遠颺，一日千里。商湯的時候，有一次西風大起，經日不息，奇肱民駕駛著飛車，隨風出遊，不料竟來到了遙遠的東方商湯的國家，降落在豫州（今淮河以北伏牛山以東豫東、皖北地區）境內。商朝百姓從沒見過如此奇異的怪人和他們神奇的飛車，商湯怕擾亂民心，就把這一夥奇肱民全都扣留起來，把他們的飛車一併沒收毀壞掉了。大約過了十年左右，忽然東風大起，於是商湯就把奇肱民放出來，命他們重新做了一輛飛車，趁著大風未止，打發他們又飛回了自己的國家。奇肱國的存在有些荒誕、不現實，但「擅為機巧」和「飛車」的傳說卻多少有些現實的因素，反映了科學技術落後的先民對能工巧匠的讚美和對新奇先進的交通工具的幻想。

在離會稽郡四萬六千里的地方，還有個大人國。那裡的人們要懷孕三十六年才能生下孩子。孩子長大後，像龍的樣子，能夠騰雲駕霧。這一傳說大概反映了以龍為圖騰的部落的先民對人類超自然力量的渴望。

養蠶、抽絲、織布是中國人很早就已掌握的技術，也是農業發展史上的一件大事，對於人民的經濟生活有極其重要的意義。相傳是中華民族的老祖宗黃帝的元妃嫘祖當年最早發明了養蠶。以後歷代帝王后妃，都十分重視養蠶業。在古代，每逢春天來臨，一年稼穡伊始，帝王總要親耕壟畝，舉行一個隆重的農忙儀式，而后妃們則要親自率領婦女去郊野採桑，並禱求上蒼賜福。男耕女織成為中國傳統農業社會的典型生活模式。因此，古代關於蠶的傳說也就極為豐富。《括地圖》中就有一則關於蠶的奇異而優美的記述。講的是在離瑯琊（今山東臨沂東北）二萬六千里遠的地方，有一個國家，國人稱化民，形狀類似於蠶，極其怪異。國中長滿了桑樹，樹體龐大，有的高達八百多尺，蔭蔭鬱鬱，一派生機盎然。化民就以桑葉為食，經過漫長的三十七年後，便開始像蠶那樣吐出一條條銀亮亮的絲，再像蠶那樣慢慢地把自己一層層地裹起來，最後裹成一隻大大的繭殼。在幽暗的繭殼內生活九年後，化民又會長出翅膀來，如同蠶在作繭自縛後化成了蛾子。再過九年，他們便死去了。這個民間傳說充滿了樸素的美和遠古生活氣息，它其實是人們因為蠶絲的重要作用，而導致的對於蠶的一種圖騰崇拜的反映。化民一生五六十年，是蠶的生長過程的延長，化民本身又是蠶的體積的放大。故事通過誇張手法，把蠶人化了，同時又把人也蠶化了，蠶和人類息息相關，從而寄託了人們對蠶這一人類生活中永遠親密的朋友的美好感情。

此外，《括地圖》關於異國異人的記載還有：越地（今浙江一帶）的人們年老後化為虎的虎民；人死心不死，百年後復生的無繼民；穴處衣皮，死後其肝不朽，八年復生的細民；

身生羽毛，以卵為食的羽民等等。很多被後世的志怪書加以重錄，成了某些新奇怪異傳說的源泉。直至清代李汝珍的長篇小說《鏡花緣》，其中關於外國奇人奇事的描繪，還可明顯看出受到了《括地圖》的影響。

燒官服的郭憲與《洞冥記》

郭憲，字子橫，汝南宋（今安徽太和）人，生活在西漢末到東漢初光武帝時期。在漢代的方士群裡，郭憲是一個性格上剛正不阿、卓爾不凡的人，與那些自炫法術，投帝王所好，以求加官進祿的方士不可同日而語。范曄《後漢書》本傳說他年輕時曾拜東海蘭陵（今山東蒼山縣西南蘭陵鎮）人王仲子為老師。當時還是西漢末年平帝朝，王莽做大司馬，主掌朝中大權。為了取得廣泛的社會輿論支持與信任，為今後的篡漢自立作準備，王莽經常重金禮聘天下士人，為己所用，像王仲子這樣德高望重、聲名遠播的有識之士，自然也在他的拉攏之列。有一次，仲子正在給弟子們講學，王莽忽然派人帶著厚禮前來，說是大司馬有事請教，麻煩先生去一趟。仲子本來不願與王莽這樣的人交往，但又懾於他的權勢，所以考慮再三，還是打算去應付應付。他就把這個想法跟弟子們說了，不料立即遭到郭憲的堅決反對。郭憲說：「按照常理，只有學生主動到老師這裡來求學，哪有要求老師屈尊到弟子那裡去傳授的。您現在竟然因為畏懼權貴而置師生道義於不顧，我真為先生感到不值。」仲子解釋說：「我並不是那種奴顏媚骨的人，但大司馬是朝中重臣，威權赫赫，不便於直接違拗了他，只是去應付應付罷了。」郭憲又說：「就算是這樣，現在是授業時間，也該等下了課再去啊。」仲子就聽從了郭憲的建議，一直到傍晚罷了學才去見王莽。王莽見仲子姍姍來遲，心裡有點不高興，但仍然裝作沒事的樣子問仲子：「先生為什麼這麼晚才到啊？」仲子就把學生郭憲的建議告訴了王莽。王莽心裡暗暗稱奇，覺得如此的膽識，絕非等閒之輩。其實，王莽這個人還是比較愛惜人才的，但有一條，必須得樂意為他所用。公元八年，野心勃勃的王莽終於篡奪了西漢政權，建立新朝。登上帝位的他更加大肆網羅天下有才能的士人學子。有些人迫於時勢，投靠了新莽王朝；但也有一些節義之士，誓不出仕，郭憲便是其中之一。王莽曾派人去征拜他為郎中，並且還親賜給他一套嶄新的官服。哪知郭憲竟絲毫不為所動，相反，還把官服一把火給燒了，以示絕不與新莽王朝合作的決心，然後逃之夭夭，到東海之濱隱居去了。王莽見郭憲不識抬舉，大為惱火，就下令緝拿郭憲，但始終沒能找到他。

《洞冥記》又名《漢武帝別國洞冥記》或《漢武帝列國洞冥記》，恰如書名「列國」、「別國」的字眼所示，它的主要內容正是描寫「遠國遐方之事」，因此，關於異國的風土風

物，特別是西域諸國的風土風物的傳說就顯得十分引人注目。這些異域奇觀有些純粹是憑空杜撰，恣情迂誕，有的也不乏事實基礎，經過文學的虛構加工，完全神異化了，因而透射著瑰奇的藝術色彩。

郭憲為什麼要寫作《洞冥記》呢？據《洞冥記》一書的序言所載，身為道家方士的郭憲，對漢武帝當年的求仙活動很感興趣，他認為武帝不光在政治上有雄才大略，英明蓋世，而且就「洞心於道教」，「窮神仙之事」來說，在漢代的帝王中，也是「盛於群主」、出類拔萃的。於是便廣為搜求與武帝有關的神仙怪異之說以及有關絕域遐方所貢珍奇異物的記載材料，編著成《洞冥記》一書，以彌補今籍舊史的缺陷，洞達神仙冥跡的奧秘。書名稱「洞冥」，也就是這個意思。

《洞冥記》一書，內容上光怪陸離，豐富多彩，作者圍繞著武帝，把種種奇花異草、珍禽怪獸、瑰寶美玉、亭台池閣以及神人仙女，都編織進迷離恍惚而又明麗真切的傳說中，構成了一個美麗誘人的世界。如寫仙草，除了以奇麗的想象賦予它們以匪夷所思的性能，單是那些名稱，聽起來都頗富有詩情畫意。諸如懷夢草、卻睡草、躡空草、冰谷素葉之瓜、洞冥草等等，讓人驚嘆它們的神奇之外，又有著無限美好的遐思。

再如寫亭台池閣，是以武帝時的現實情況為依據的。武帝自知無法脫離塵世，去真正

尋得世外仙土並寄身其中，為了寄託對神仙世界的無限嚮往與迷戀，便大興土木，建築了一系列仙閣池榭，企圖以此來營造一個「人間仙境」。於是，騰光台、靈波殿、壽靈壇、神明台、望鳳台、蒼龍閣、俯月台、影娥池等等相繼於皇宮內外拔地而起，成了武帝暇時抒發神仙之思的必遊之地。其中影娥池最為出名，《三輔黃圖．未央宮》載：「影娥池，武帝鑿以玩月。其旁起望鵠台，以眺月影入池中，亦曰眺蟾台。」唐上官儀〈詠雪應詔〉詩：「花明棲鳳閣，珠散影娥池。」時稱博洽。後代文人亦多引用入詩賦。

至於神人仙女，寫得最為優美迷人的當數「麗娟」。麗娟乃武帝所幸宮人，年僅十四歲，「玉膚柔軟，吹氣勝蘭，不欲衣纓拂之，恐體痕也。每歌，李延年和之於芝生殿，唱〈回風〉之曲，庭中花皆翻落。置麗娟於明離之帳，恐塵垢汙其體也。帝常以衣帶系麗娟之袂，閉於垂幕之中，恐隨風而去也。麗娟以琥珀為佩，置衣裾裡，不使人知，乃言骨節自鳴」。作者抓住人物的特點、本質，不求形似，但求神似，把一個能歌善舞、風姿綽約、備受寵愛憐惜的古代美人形象刻畫得活靈活現，令人回味無窮。比起後世小說中美人的描寫，毫不遜色。

《洞冥記》中的吠勒國，遠離長安九千里左右，大概在現在的中南半島或東南一帶。因為所處的特殊地理位置，而被當時的漢人認為他們是生活在太陽以南的地方。吠勒國人身高七尺左右，長髮垂地，膚色黝黑。國中多犀牛、大象等動物，因此，犀牛、大象及其所拉的車子就成為吠勒國的日常交通工具。吠勒國曾進貢給大漢朝四頭滿身花紋的犀牛，形狀跟水牛差不多，但稀奇的是它的角，表面光滑透亮，把它放在黑暗處，還能現出一輪晶瑩的光影。用它作為材料，加工成涼蓆，其花紋就像錦繡絲綢編織出來的那樣美麗。吠勒國人還常常騎著大象潛入海底去探寶，累了就寄居在鮫人的家中。這鮫人，是一種人魚（也有人說就是美人魚），習慣於海底居住，據說珍珠就是由他們流出的眼淚化成的。他們和吠勒國比鄰而處，一個海底，一個岸上，經常往來，關系挺好。吠勒國人時常能從鮫人那裡得到餽贈的珍珠，而他們潛海探寶的時候，也會順便捎帶些犀角、象牙之類的特產給鮫人。根據吠勒國的地理位置，犀角、大象、珍珠的存在並不奇怪，但犀角的神奇、鮫人淚珠及乘象潛海的說法，明顯經過了文學的誇飾和虛構，使異域風情更加濃郁迷人了。「鮫人泣珠」也是中國古代文學中最常見的典故之一。如李白為朋友由京師貶官江南寫的一首詩：「潮水還歸海，流人卻到吳。相逢問愁苦，淚盡日南珠。」就是通過對這一典故的運用，使詩意得以幻化和昇華，既呼應了首句的「潮水還歸海」，又帶有點感天動地的情感濃度，同時還於沉痛處散發著幾分飄逸。

作為武帝傳說之一，《洞冥記》雖然屢屢被前人指為「怪誕不根之談」，「荒誕不可

詰」，但就小說的文學意義而言，奇異的想象和誇張虛構卻恰恰是它的寶貴之處，是它在文學史、小說史上的價值所在。另外，《洞冥記》一書字句妍華，筆調流暢優美，在漢代的同類小說中，也是獨樹一幟的。

西王母座下偷桃兒

歷史上的東方朔，是漢武帝身邊頗受寵幸的弄臣，因生性玩世不恭而常被呼為「狂人」，平時在武帝和群臣面前詼諧調笑，妙語解頤，所以又被《漢書》本傳稱做「滑稽之雄」。他博學多能，才貌出眾，也是西漢有名的文學家。

東方朔的父親張夷，字少平，娶一戶姓田人家的女兒做老婆，生下了東方朔。才三天，父母就相繼去世了。鄰家一位婦女見小東方朔還在襁褓之中，就父母雙亡，孤苦伶仃的，很可憐，就好心收養了他。當時抱他歸來時，東方剛剛露出魚肚白，天色濛濛亮，所以就以東方為姓，給他起了名字叫朔。朔，就是指天明之時（《莊子・逍遙遊》：「朝菌不知晦朔，蟪蛄不知春秋。」）。東方朔天賦神異，聰明過人。當時天下流傳很多預言吉凶與禍福、測知將來世間事的讖緯秘謠，普通人大都看不出、聽不出個所以然來，而年僅三歲的東方朔，卻對此

非常感興趣，他不但耳聞目睹後再也不忘，而且還對那些神秘難測的文字含義了然於心，有所領悟。平時，小小年紀的他常常向著虛空指手畫腳，嘴裡還念念有詞，也不知他到底在說些什麼。養母以為是小孩子家鬧著玩，所以並不過問。但有一天，東方朔卻莫名其妙地不見了，村裏村外，四下裡都找遍了，也沒有他的蹤影。這可急壞了養母，自從收養這孩子後，自己一心一意地撫養他，疼愛他，雖非親生，勝似親生，如今一下子丟失不見，心中實是難過不已。大概過了一個來月，東方朔忽然又回來了。養母又是心疼，又是生氣，於是就用小樹枝打了他屁股一頓。可是沒過多久，頑皮的小東方朔又失蹤了，這一次竟去了整整一年才回來。在家中朝思暮想、日夜牽掛的養母，看著兒子笑嘻嘻地站在面前，大為驚怒，含淚訓斥他道：「你這不懂事的孩子，不聲不響，一走就是一年，我成天在家裡擔心掛念，你知道嗎？」東方朔聽母親如此訓斥自己，也有點詫異，就跟母親解釋道：「兒子途經紫泥海，那紫色的海水弄髒了我的衣服，我就到虞淵去洗了。我早上才從家裡走的，中午就匆匆趕了回來，怎麼您說是一年呢？」養母聽他這麼一說，更加生氣。但看他一本正經的誠懇模樣，不像在說謊，養母一時也弄不清到底是怎麼回事，於是忍著氣再問他：「那你一路上都經過了哪些地方呢？」東方朔回答說：「兒子在虞淵洗好了衣服，就到王公的住所都崇堂歇了一會兒。王公拿出丹霞之泉來給我吃，兒子貪食，吃得太飽了，差點被撐死，又喝了半碗玄天黃露，這才緩解過來。回來的路

上，正好碰著一頭老虎在路邊打盹兒，我怕您在家擔心、著急，就騎上老虎往家趕。誰知情急之下，把那傢伙拍打痛了，它竟反咬一口，傷了我的腳。」養母聽他說的竟都是傳說中的神仙世界，有點半信半疑，等到扒開他的褲腳，發現腳踝上果真有塊傷痕，還殘留著血跡和老虎的牙印，心中就更加迷惑不定了。忽然想起他先前愛看讖緯以及常向空中獨語的事來，就隱隱約約有點明白了：「這孩子似乎不是塵世間人。」但看他一副頑童的可人模樣，實在讓人難以置信。於是撕了衣裙的一角，邊給東方朔包紮傷口，邊嗟嘆不已。以後東方朔又多次離家出走，時間或長或短。有一次途中經過一棵形狀怪異的枯朽老樹，東方朔看了看，就解下腰上的布帶掛在樹上，只見布帶隨風飄舞，轉眼間化做一條飛龍，搖頭擺尾地飛去了。於是就把這塊地方叫做布龍澤。又有一次，東方朔出游鴻蒙之澤，在白海邊上，看見一位滿頭白髮的神仙婆婆正在慢條斯理地採桑。一會兒，又有位滿頭黃髮的老仙翁走了過來，他指著那婆婆跟東方朔說，那是他以前的妻子。原來這一對神仙翁婆，就是東方朔在凡間的親生父母，他們把木星之精的東方朔降生人世後，就雙雙亡去，重歸天界了。老翁還跟東方朔說他絕食吞氣已有九千多年了，眼中瞳仁泛著青色的光，能看見幽隱之物。他三千年一次脫骨洗髓，二千年一次褪換毛髮，如今已經洗髓三次，換毛五次了。

東方朔成年後，有機會來到了武帝身邊。他雖然很受武帝的寵幸，但武帝並不知道他的底

細。只因為東方朔博聞多識，所以喜好神仙方術的武帝才常常向他詢問一些異域怪事。直到有一天，東郡的某個地方，發現了一個長僅七寸的小矮人，東郡人把小矮人獻給武帝。武帝見矮人雖然微小，卻衣冠齊整，吐辭清晰，猜想是山精之類，於是請來東方朔細細詢問。東方朔果然認得矮人，並且還頗為詫異地叫著矮人的名字問：「巨靈，你怎麼一個人偷偷跑出來了，王母她老人家呢？」矮人並不回答東方朔的問話，反而指著他跟武帝說：「王母曾種下蟠桃樹，精心培養，三千年才結一次果。哪料此兒品行不端，竟偷吃了三次，觸怒王母，才被貶謫到這裡來了。」武帝聽了大為吃驚，始知東方朔並非世間人物。

東方朔雖然偷吃了仙桃，但只是出於頑皮任性，王母對他還是比較理解的。王母與武帝相會的時候，武帝提起這事，王母手指東方朔笑著跟武帝說：「此兒天性不安分，喜好惡作劇，無所顧忌，所以我罰他久居人世歷練歷練。但他本性並不惡劣，希望陛下好好待他。」王母這個評價，不光適合傳說中的神仙東方朔，就是對歷史上真實的東方朔，也是蠻適合的。

關於東方朔的死，傳說他是歲星（即木星）托生，他的死被說成是木星歸位，或者說是他在人間的貶謫期到，重返天庭了。東方朔死的那天，正好王母的使者來到。武帝捨不得東方朔離去，很是傷心，使者就安慰他道：「朔是木星之精，下游人世，以觀天下興衰災福的，原本並不是陛下的臣子啊！」但武帝還是厚葬了東方朔。

總之，在有關東方朔的小說和傳聞中，有其真名而無其真事，東方朔這個歷史人物已經擺脫了他現實中弄臣的身份、地位。通過文學性的虛構，他由現實世界走向藝術世界，完全成了一個生就仙骨、長就仙肉、往來於人間天上、任性逍遙的可親可愛的神仙使者的形象。這一形象特徵及有關的情節、藝術手法對後世小說，如《西遊記》的創作有一定影響。孫悟空的一個筋斗十萬八千里，偷吃王母娘娘蟠桃，以及被罰做唐僧弟子護送西天取經等描述，似乎都有傳說中東方朔的某些影子。

《越絕書》的作者之謎

《越絕書》的作者是誰，至今仍有許多疑問，但《越絕書》的確是一部珍貴的雜史故事類的書，是我國古代文化寶藏中的一塊瑰寶。

《越絕書》記錄了吳越兩國的歷史，從這一點來看，可以說是我國繼《戰國策》、《國語》之後最早的國別史或地方誌。原有二十五篇，現存十九篇，第一篇和最末一篇相當於此書的序言和跋語，所以真正記錄吳越歷史的現在僅存十七篇。此書沒有註明作者，而是在首篇〈外傳本事〉和末篇〈越絕篇敘外傳記〉中為我們設了有趣的謎，歷代的人們都猜過這個謎，今天讓我們也來探討一下。

有人推斷，《越絕書》為袁康所撰，可遭逢西漢末年東漢初年的戰亂，未能完成全書，吳平是「後生」，繼續袁康的工作，最後寫成本書，並在書的結尾感嘆、懷念袁康。

作者之謎到此似乎很容易就破譯了，但事實卻遠非如此。袁康和吳平只是此書的最後刪訂者。最初的作者是誰，連設謎者都不能確定，首篇中說：「《越絕》誰所作？吳越賢者所作也。」下文推測是子貢所作，又一說為伍子胥所作，莫衷一是。但可以肯定的是，首末兩篇確為最終刪訂此書的袁康、吳平所作。那麼剩下的十七篇為誰所作？仍是一個謎。

《越絕書》詳細記錄了吳越兩國的王都規模、宮室格局，以及古蹟、風土等事物。除了為我們留下研究吳越兩地歷史文化發展的寶貴資料外，同時也給我們留下了很豐富的敘事藝術的成功經驗。如〈荊平王內傳〉寫子胥復仇之事，〈內經．陳成恆〉寫子貢為保全魯國而遊說齊、吳、越、晉四國之事，都是極精彩的故事。如〈內經．陳成恆〉一篇，寫了子貢遊說四國的全過程。起初，齊國兵臨魯國，孔子憂慮魯亡，顏淵和子路先後要求出使各國求援解困，孔子不同意，最後子貢請求出使，孔子欣然應允，表現了孔子的知人善任。子貢先到齊軍營中見到齊相陳成恆，抓住他自私貪婪、慾謀取齊國政權的野心，說服他放棄魯國轉而攻打吳國；為了給陳成恆找一個撤兵的理由，子貢又去遊說好大喜功、目空一切而又貪婪成性的吳王夫差，勸他伐齊救魯；為了使吳王放心出兵，不再提防越國，子貢又去遊說越王勾踐，利用他極欲復仇的心理，建議他先不要顯露伐吳之心，假裝順承吳國，派兵助吳伐齊，藉以麻痺吳王並消耗吳國的力量，為了完成這個連環計的最後一環，子貢又跑到晉國，對晉國國君說吳齊交戰，強吳必勝，將來一定會乘勝攻晉。晉君非常驚恐，趕忙加緊備戰。

戰爭的結果是吳伐齊得勝後，果然貪戀晉國的土地，與晉軍作戰，因晉國早有防備，吳軍大敗，越王勾踐此時乘機攻吳，戰勝吳軍，殺死了夫差，一躍成為霸主，而魯國雖弱小，卻保全完好。

《越絕書》外傳有一篇〈吳王占夢〉，便是一個以夢占興亡的故事。故事的情節是這樣的：吳王夫差時，吳國百姓眾多，五穀豐登，武器先進，百姓也熟悉戰事，極有爭霸的實力。一日，吳王夫差在姑蘇台晝臥休息，睡夢中走進了章明宮。進宮後看見用以蒸飯的兩隻鬲只是被火燒著冒氣，裡面什麼也沒有；兩條大黑狗忽而向南，忽而向北狂吠；宮牆邊立有兩把農夫用來耕地的鏵；又見殿外大水漫過宮牆；宮前園中有條橫索，上面長出桐樹的枝葉；而宮後的房中有鐵匠手拿鐵鉗正在鼓風吹火。

夢中這些奇怪的東西使夫差擔心有什麼不祥之兆，於是便把太宰嚭叫來，問他是凶是吉。太宰是個佞臣，只知討好吳王，便解釋說：「大王的這個夢太好了，章明宮的名稱『章明』預示著伐齊將會得勝，功顯天下；兩隻鬲光燒火不煮飯表明大王氣息旺盛；兩條黑狗南北狂吠說明四方都已歸順；兩把鐵鏵靠在宮內牆上，則表明君王親近農民，擁有百姓；看見流水很大，漫過宮牆，說明四方貢獻的財物已到，富足有餘；橫索上長出桐樹是吹奏樂器的技藝高明；後園鐵匠手持鐵鉗鼓風吹火，象徵宮女正在奏樂。」吳王聽後，覺得有點道理，心情舒暢多了，為此賞給太宰嚭四十匹絲絹。

可是，嚭所說的只是他一個人的看法，吳王夫差心裡還是有點兒不踏實，於是又按王孫駱的提議去召吳國最會占卜的公孫聖前來占夢，公孫聖聽到要讓他去姑蘇台為吳王占夢，馬上伏於地上，悲泣不已。他的妻子把他扶起來，說：「誰像你，膽子這麼小！一直想見吳王，現在終於有機會了，卻嚇得在那兒哭個不停！」公孫聖仰天長嘆一聲：「唉，這本來不是你所能知道的，今天壬午，這個時辰去南方，對我不利，我的性命就交付給上天了，這是無法逃脫的。我哭泣是因為我不能再愛惜自己的性命了。可悲的是吳王只喜愛聽奉承話，因此占卜之道不會再有效力，我前去直言諫說，必遭殺害，決無功勞。」臨走前公孫聖緊握妻子的手臂，淚如雨下，叮囑她要「努力加餐飯」，多多保重。就此訣別，到了姑蘇台。

夫差為了得到確切的結論，他囑咐公孫聖不管凶吉，都要實話實說。公孫聖於是坦率地說：「可悲啊，喜愛駕船的人容易溺水，喜愛騎馬的人常常墜地，都是因其所好而遭殃，阿諛之風盛行，占卜之道還能有什麼用？我伏地而泣，悲嘆大王不聽直言切諫，必將遭禍。『章』表明出征不利，驚慌失措地逃跑；『明』是說要喪失清醒的頭腦。兩隻鬲燒火不蒸食物，是指大王將吃不到火煮的食物。兩隻黑狗南北狂吠，是預示君王死後靈魂迷亂，不知所

往。看見兩把鐵鏵靠在宮牆上，預示越人攻入吳國，破壞吳國的宗廟，掘毀吳國的社稷台。看見水漫過宮牆，是預示大王的王宮要空虛荒蕪了。橫索上竟長出桐樹來，而桐木是不能製作日常用具的，只能用來造木俑與死人一起安葬。房後鐵匠鼓風吹火，是表示嘆息之意。這些夢兆告訴大王，不應親自出征齊國，只要派大臣們去就行了。」夫差一聽完，臉色就變陰沉了，他惱怒萬分，恨公孫聖說這些不吉之言，決心懲罰公孫聖，讓他先嘗一嘗死亡的滋味，於是命大力士石番用鐵杖把公孫聖活活打死。公孫聖在臨死時仰天嘆道：「上天知道我冤枉嗎？我直言勸諫，無功反遭殺害，家人不要安葬我，把我扔到山裡，我要化成聲響來驗正我的忠直！」夫差就命人把公孫聖的屍體扔到了秦餘杭山中，還說：「讓虎狼吃你的肉，野火燒你的骨，東風吹來，把你的骨灰都吹散，看你還能變出什麼聲響！」

後來夫差出兵伐齊，取勝後又貪戀晉國土地，與晉交戰，結果大敗，張皇逃回吳國，正好路過秦餘杭山。飢不擇食，只能取河水就著稻穀充飢。吳王夫差進食時，突然想起了公孫聖的預言，自己果然吃不到火煮的食物，就讓嚭到山中呼喊公孫聖，看公孫聖生前所言能否應驗。結果是呼了三聲，響應了三聲。夫差這時才感到恐怖，雙腳像爛掉了一樣邁不開步子，面如死灰，他對天哀求道：「公孫聖啊！如果你能保佑我重振基業，我一定世世代代真誠供奉你的亡靈！」然而一切都晚了，話音未落，就已聽到越國軍隊圍殺而來。夫差被俘後，范蠡指著他的鼻子陳述他的五大罪狀：枉殺忠臣伍子胥；又殺直諫的公孫聖；無故伐齊；侮辱越王勾踐；寵信奸佞嚭。陳述完畢，與勾踐一起逼夫差自殺。夫差羞於見地下的伍子胥和公孫聖，請求蒙上眼睛去死，於是越王勾踐解下身上的綬帶，蒙住吳王夫差的眼睛，夫差伏劍自殺了。

總之，《越絕書》以記錄吳越爭霸為核心，內容涵蓋了吳越兩國的全部歷史，涉及了吳越政治、經濟、軍事、文化以及風土等諸多方面的史實。從文體上看，原有部分是先秦歷史散文，又經過漢代袁康、吳平的增補和刪定，部分篇目具有漢代文章的特徵，也有據史料和傳說新撰的歷史故事。文風雖不統一，但各領風騷，俱為佳作。通過緊張曲折的情節，生動風趣的人物對話，來表現人物性格、人物心理。把子貢富有智慧和胸有成竹，陳成恆的貪婪自私，越王勾踐的謙虛謹慎、心懷隱忍，晉君的憂恐表現得活靈活現，使人物形象特徵格外的分明。在語言風格上，保持著先秦後期散文言簡意賅、凝練明快的特點。全文重點放在記敘子貢的遊說活動上，而將戰爭的過程只用簡要的文字一帶而過，詳略得當，突出表現了春秋末年吳越爭霸，互相牽制、相互抗衡的複雜形勢。魯國雖弱，但有子貢這樣的智謀之士，勝過雄兵百萬，僅憑一如簧之舌，不費一兵一卒，就化險為夷。這一切經過通過作者富有表現力的筆觸，生動地展現在我們的面前。

才高八斗的班彪與〈北征賦〉

漢賦發展到東漢，在原有的大賦基礎上，又出新格。

班彪（公元三—五四年），字叔皮，扶風安陵（今陝西咸陽市東北）人。他生逢王莽之敗與光武帝初興，仕途艱難波折。二十多歲的時候，逢王莽之亂，為避戰亂他流亡到天水投奔隗囂，卻因彼此政見不同不得不再次流亡河西，投奔河西大將軍竇融，受到竇融的重用和厚待。光武帝劉秀素聞班彪的才華，就召見了他，並準備任命他做臨淮郡的徐縣令，但班彪卻因病未能赴任。後為司徒肅況府屬官，位終望都長。

班彪為人才高並且喜歡述作，潛心於史籍之間，採集前史遺事，傍貫異聞，作《史記後傳》數十篇，為後來班固著錄《漢書》奠定了基礎。他的賦作流傳至今的有〈北征賦〉、〈覽海賦〉和〈冀州賦〉、〈悼騷賦〉等，其中唯有〈北征賦〉最完整，後兩篇皆為殘篇。

〈北征賦〉是一篇紀行述懷的紀行賦。這種記述所歷之地以興感的作法，較早、較成功的見諸於屈原《楚辭》中的〈涉江〉、〈哀郢〉等篇，西漢劉歆創作〈遂初賦〉，進一步拓展了這種表現形式的內涵，提高了其表現力。班彪的〈北征賦〉，借鑒前代的同類成果，又獨出新意，開一代紀行賦之先河，在賦史上具有重要意義。後來班昭的〈東征賦〉、蔡邕的〈述行賦〉，皆源出此例。

該賦是班彪於王莽敗亡、光武未興之際，從長安到天水避難，途經安定郡治所（在今寧夏固原縣）時所作。賦中所記，即他從長安出發，抵達天水的經歷。作為紀行賦，其述懷的前提是所歷之地、所見之物，這是作者興發感慨的基礎，也是全篇賦作感情波瀾的線索。

作品開篇即點明自己被迫北征的原因：「遭世之顛覆。」表明作者身逢亂世，仕途阻塞而無出路，舊有的宮殿已經頹敗，到處是廢墟和瓦礫，於是作者只有匆匆北征、遠遊。由此為全篇奠定了悲涼、激憤的基調。

接著便詳細記述北征途中所見所感，並進而生發出弔古傷今的無限幽思。早晨從長安出發，晚上到達瓠谷的玄宮，在經過玉門關時，作者回身眺望，只見甘泉宮內的通天台高聳入雲；在郇、邠之邑鄉休息的時候，又追憶並仰慕起周朝先祖公劉的遺德，想起他「行葦之不傷」的德政，不由慨嘆周朝時連路邊的葦竹草木都受到愛惜和庇護，而自己卻因遭遇亂世而

只得北征遠遊，表現了作者對聖主賢君及昌明政治的嚮往，也委婉地表達了對現實政治的否定。

離開郇、邠，到達義染的舊有城邑，作者既痛恨義染戎王的淫亂狡猾，又鄙視秦宣太后的失貞穢節，卻極力稱讚秦昭王的興兵討賊之大義，褒貶強烈，愛憎分明。當來到故鄉泥陽時，見祖廟不得修葺而極為悲傷。作者不為世所重，又逢遠徙，前途未卜，怎能不感慨萬千？此刻，個人的遭際與時世的禍亂，令他慨然長嘆，表現出深深的不平，抒情色彩濃烈。

路過安定郡的時候，作者放慢了速度，沿著長城走向遠方，在這凝結了過多是非的長城腳下，「劇蒙公之疲民兮，為強秦乎築怨。捨高亥之切憂兮，事蠻狄之遼患。不耀德以綏遠兮，顧厚固而繕藩」，批評蒙恬只顧修長城，卻忽略了趙高胡亥這切近的隱患，不發揚仁政教化的功德來使異族歸服，反而去專意修建堅固的城牆，體現了他主張以德化邊，反對以武御邊的政治遠見。所以他又登上障隧亭，望著朝那塞，不由想起近代帝王的仁德及其業績，喚起了他的無限崇敬之情。漢文帝以寬容忍讓的坦蕩胸懷，謙恭禮讓，以德報怨，使匈奴歸服，令自立為帝的越王主動臣服；以幾杖賜給藩國吳王，成功地阻止了吳王劉濞叛逆的企圖。可見，班彪在這裡讚頌和嚮往的，是聖明的治世和仁德綏遠的政策，反對窮兵黷武的暴政，這在當時是有積極意義的。

最後，作者將視線從遙遠的思古，又回歸到滿目淒涼的現實，表現出對人民的深切同情和憂國憂民的情懷。他「觀高平」而「望山谷」，只見到處是破敗凋敝的景象；曠野蕭疏蒼莽，寥廓千里卻無人煙，只有狂風四起，谷水揚波，迷霧飛騰，積雪皚皚。同時群雁悲鳴，群雞亂啼，前程迷茫的遊子面對此情此景，不由「心愴恨以傷懷。撫長劍而慨息兮，泣漣落而沾衣。攬餘涕以於邑兮，哀生民之多故。」流露出作者同情人民疾苦的憂國情懷。

文末的「亂辭」，是作者卒章顯志的小結，尤為可貴的是作者能夠超拔出前面所渲染的悲涼情緒，別出新意：寫出自己「遊藝文兮，樂以忘憂」的達觀。雖然著墨不多，卻較為清晰地展現出一個亂世清醒者，一個不肯屈從流俗的封建文人的形象。它與前面的嘆時傷懷互相補充，較為完整地揭示出作者豐富的內心世界，具有感人至深的藝術效果。

〈北征賦〉由時亂寫起，歷觀邊境興感，弔古傷今，儘管語言婉轉，卻又處處與時亂相合，並且寫景抒情，皆自然流露，毫無造作之嫌，使整篇文章讀來文勢流暢，含意雋永。作為開紀行賦先河的作品，它對後世有著深遠的影響，如前文所述的班昭〈東征賦〉、蔡邕〈述行賦〉，都受它的影響，及至魏晉以後，則隨著駢文與文賦的出現，紀行賦又轉而成為遊記文學的先聲，如謝靈運的山水遊記和唐宋之後的遊記散文等，皆可溯源至此。

〈封禪儀記〉：馬第伯讚美泰山

矗立在齊魯大地之上的泰山，確實具有一種仰之而服其威嚴，攀之而嘆其雄偉的氣勢。只要你走近它的身邊，就不由不驚嘆，大自然竟會造化出如此的奇觀絕景，正如杜甫的〈望嶽〉一詩所寫：「岱宗夫如何，齊魯青未了。造化鍾神秀，陰陽割昏曉。蕩胸生層雲，決眥入歸鳥。會當淩絕頂，一覽眾山小。」其實，曾吟詠過泰山美景並最早將泰山之美述諸筆端的，當首推東漢初年的馬第伯了。

建武三十二年（公元五六年），光武帝劉秀封泰山，馬第伯作為隨員一同前往，為記錄這次封禪活動寫了〈封禪儀記〉。可是馬第伯的〈封禪儀記〉同以往封禪記文不同。與其說它是篇封禪記，還不如說它是一篇遊記更合適。文章中將泰山的雄險和奇麗生動地描述出來，在漢代眾多的散文中，此篇遊記可謂獨樹一幟。可惜此文未能完整保存下來，不過，從

現存的一些片斷中，我們還是可以領略到這篇最早的泰山遊記的藝術魅力。

在敘述登泰山的過程中，馬第伯生動地描寫了泰山的雄偉和險峻。早晨出發，騎馬上山，然而遇到陡峭的山路，馬便難以馱人，人只好走一段騎一段，然而這還不算艱難，到達中觀（回馬嶺）時，馬再也上不去了，此時已走了二十里，由此向南望去，所有的景物一覽無餘，但從此處向天關（中天門）仰望，卻有如從山谷中看絕頂高峰，直上浮雲。再看那險峻程度，石壁幽昏，好像沒有上山的路徑。那些向上攀登的行人，作者一開始還以為是白石或片片冰雪，看久了，見白色在移動，一會兒就穿過了一片樹林，於是才看清楚那是人。

文中運用映襯手法描寫泰山的高險，從中觀南望已是極目遠眺，眾山皆小了，但從此處仰望天關峰，還猶如站在谷底。對通往山頂的道路和路上行人的生動細緻描寫，更突出了泰山的巍峨險峻。接下來，作者通過描述自己登山之艱難，繼續敘寫泰山的高峻，同時夾有風景描繪，使情景交融，引人入勝。山路極難攀登，走一會兒就累倒了，四肢展開僵臥在大石頭上，好大功夫才緩過勁來，靠喝點酒、吃點東西長了些力氣，相互攙扶著再次上路了。雖然累，但沿途俱是美景，處處有山泉，流水淙淙，在陽光下亮晶晶地閃爍著。到了天關，自以為到頂了，問道中的行人，他們說還有十多里才能到天門（南天門）。行文跌宕，手筆絕妙。接下來所寫的登山道路更加險峻了，沿著山腰上升的路，寬的地方八九尺，窄的地方

僅五六尺。抬頭看那些岩石上的松樹，鬱鬱蒼蒼，如長在雲中一般。俯視山澗溪流則幽深昏暗，只能隱約見到。終於攀到南天門下，仰視南天門，如同洞中看天一樣，還有七里路呢，是一條逶迤而上的羊腸小路，名叫環道（十八盤），設有繩索供人抓著攀登。前面的那段路比起這段來，根本是無艱險可言了。作者被兩名侍從前拖後推，扶持而上，後人只見前人鞋底，前人只見後人頭頂，像畫中一樣，重重疊疊。這就是人們說的以手攀岩，胸摩石壁的上天門。剛登上此道，走十多步歇一歇。漸漸疲憊不堪，口乾舌燥，只能走五六步，就得歇下來，歇時跌跌撞撞地倒地便坐，不管坐下的地方是潮還是濕，一旦坐下，即使面前就是乾燥之地，也只能眼巴巴看著，兩腳根本不聽使喚，一步也挪動不了。早晨出發，直到下午四五點才到山頂。

這段行文更加波瀾起伏，可謂「意翻空而益奇」。從最初出發時的騎馬上山，騎騎走走，到徒步攀登，尚且「殊不可上」，再到「復勉強相將行」，最後只能「兩從者扶掖」。而勞累程度也從「四布僵臥石上」逐步轉變為「蹀蹀據頓，地不避濕暗」。在描寫泰山之高時，從中觀即可「南向極望無不睹」。然而此處望天關卻有如望雲中一般，等到了天關，根本沒有到頂峰，「問道中人，言尚十餘里」，而要到天門之下，尚有七里最艱難的路。文章層層深入，愈寫愈艱，愈寫愈奇，把登山之苦樂表現得淋漓盡致。對景物的描寫，則更為傳

神，完全把讀者帶入了泉流淙淙，山路迴轉，蒼松奇石相掩映，行人奮力攀登於其間的神奇美景中，令人流連忘返。接下來作者描繪了泰山眾多名勝古蹟，饒有興味。

泰山東面的山峰叫日觀峰，是塊高三丈餘的巨石，雞叫時從此峰便可最早看見日出，從此峰極目遠望，還能看到秦地的長安，吳地的會稽山，周地的嵩山；黃河本來距泰山二百里，但從日觀峰望去，猶如一條衣帶盤繞在泰山腳下。東山南坡有座廟，院裡都是柏樹，有數千株，大的有十五六圍粗，相傳是漢武帝所栽。小天門還有秦始皇封的五大夫松樹，南有神泉，泉水十分清冽甘美。

作者描繪完登山旅途後，頗有情趣地描述了日觀峰觀日出，為了言其高，稱從日觀峰可遙望見長安、會稽山、嵩山，看黃河也猶如在泰山腳下，這顯然是誇張，但不使人覺得荒誕，反更引起人們對登泰山的神往。所記武帝之柏、始皇之松及甘美神泉之事，更是妙趣橫生，不禁使人想一睹、一嚐為快。

馬第伯的泰山之行把泰山的峻美活脫脫地留在文中，傳至今日。更為可貴的是，這篇〈封禪儀記〉是我國最早的寫山川風景的遊記散文。清代王太岳評價它：「幽敻廉削，時若不及柳氏，而寬博雅逸，自然奇妙，柳氏之文蓋猶有不至焉。」柳宗元的「永州八記」是山水散文的典範，然而和〈封禪儀記〉相比，確是各有千秋，難分雌雄。

文學批評家王充的一生

王充（公元二七—約九七年），字仲任，會稽上虞（今屬浙江）人，東漢前期傑出的思想家。他的先輩由魏郡元城（今河北大名東）遷徙到上虞。王充從小就沒了父親，長大之後到京師，在太學學習，拜班彪為師。他喜歡博覽群書又不死守章句之學。由於家中貧苦，沒有藏書，所以常常到洛陽書肆閱讀書商所賣的書籍。因為他博聞強記，過目成誦，便很快通曉了諸子百家之學。後來，回到家鄉隱居，以教授學生為業。他曾經在郡中任功曹，但因為多次勸諫，違逆長官的意志而被罷免。

王充喜歡議論。人們剛聽他議論的時候，都感到很奇異，但最後推導出的結論，卻有理有據讓人信服。他認為庸俗儒生恪守經書上的文辭，使經書上的文辭在他們那裡已經完全失去了精髓和真諦。因為有了這樣的見解，王充便有意地隔絕自己與那些迂腐儒生之間的往

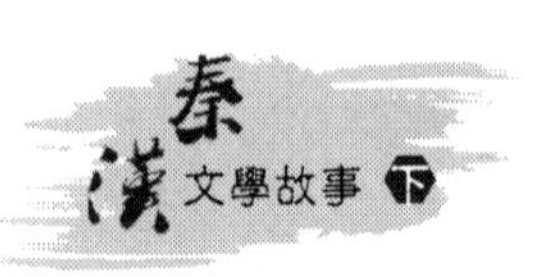

來。自己閉門深思，謝絕參與喜慶弔唁之類的禮儀。他在家中的門、窗、牆壁各處放置刀、筆，以便能隨時記下自己的思想。曾經寫了《論衡》八十五篇，共三十卷，解釋事物的異同，匡正時俗的疑惑。

刺史董勤徵召王充為從事，轉任治中，自己免官回家，同郡的朋友謝夷吾上書舉薦王充才學，章帝特別下詔用公車徵召，這是因為王充當時正在病中沒有到任。年近七十歲的時候，因精力不支，便著述了《養性書》十六篇，總結了節制嗜好慾望、養神自守之類的經驗。永元（公元八九－一〇五年）年間王充在家中病逝。

王充是東漢傑出的唯物主義思想家和無神論者。在《論衡》中，他以樸素的唯物主義的觀點，批判了當時統治階級所提倡的天道神權宗教迷信。從唯物主義精神出發，作者也對當時以辭賦為主的「華而不實」、「偽而不真」的文風進行了尖銳的批判，並寫下了諸如〈藝增〉、〈超奇〉、〈佚文〉、〈案書〉、〈對作〉、〈自紀〉等許多文章，對我國古代文藝思想的發展產生了很大影響。

神童大儒班固與《漢書》

班固（公元三二—九二年），字孟堅，其七世祖班壹在秦末因躲避戰亂，由晉、代地區遷往樓煩（今山西寧武），六世祖班孺與其前輩一樣，也是邊地著名的豪強。五世祖班長，官至上谷太守。高祖班回是名秀才，東漢人因避光武帝劉秀諱，稱秀才為茂才，班回曾做過長子縣令。曾祖班況，因考課連得第一，成帝時為越騎校尉。班況有一個女兒很有文才，成帝時被選入宮立為婕妤，她現存的作品有〈自悼賦〉、〈擣素賦〉、〈怨歌行〉。〈怨歌行〉也稱〈團扇歌〉，抒發了班婕妤在皇宮中孤寂苦悶的心情。然而班氏卻因她而顯貴起來，家族也從樓煩遷於扶風安陵（今陝西咸陽東北）。班固的大伯祖班伯，以精通《詩》、《書》而聞名，官至水衡都尉、侍中。二伯祖班斿也博學多才，官至諫大夫右曹中郎將。祖父班稚，哀帝時官至廣平太守，名震一時。平帝時，王莽專權，班稚急流勇退，辭掉太守位，只做了個延陵園郎。父班彪與堂伯父班嗣都是西漢末東漢初著名的儒學大師，著名學者揚雄、王充都曾親自登門向其求學。光武帝時，班彪官至望都（今河北保定）長，晚年因病免職，開始專力研究史籍，從事著述。班固生在這樣一個世代富裕的書香人家，思想上肯定受到重大的影響，特別是他的父親班彪，不僅是他學業上的良師，而且也是他著述事業的領路人。

在家庭濃厚的文化氛圍的薰陶下，班固自幼勤奮好學，九歲時就能賦詩做文章，十六歲入洛陽太學，在那裡一學就是七八年，不僅誦讀儒家經典，對其他諸子百家之書也廣為研習探討，為他將來治史著述奠定了淵博的理論基礎。班固二十三歲時父親班彪去世，他便離開太學回到扶風為父親守喪，決心繼承父志，完成父親未竟的著史事業，開始著手整理父親遺留的《史記後傳》。班固二十六歲時，東平王劉蒼以皇帝親弟弟的身份為太傅，主持朝政，班固入劉蒼幕府任職，並開始了《漢書》的編撰。明帝永平五年（公元六二年）劉蒼離朝歸藩，班固也因私自作國史而被人告發，地方官懷疑他與偽造圖讖有關，於是將班固逮捕，送往京城獄中。班固的弟弟班超怕班固在獄中難以自明，便親自趕到洛陽上書明帝，為兄班固申辯。

此時郡守也把班固的書稿送至京城，明帝看後很賞識班固的才華，就召他到校書部，

任命他為蘭台令史，他受命與陳宗、尹敏、孟異合撰《世祖本紀》。次年，班固升為郎，又奉詔撰東漢開國功臣、平林、新市、公孫述等列傳、載記二十八篇，這些著述後來成了《東觀漢記》的一部分。這幾項編寫任務完成後，班固便奉明帝之命，集中精力來繼續完成他的《漢書》。

班固充分吸收《史記》紀傳體的成果，秉承其父班彪完成漢史的宗旨，遠受三代典籍的啟示，近參《史記後傳》六十五篇及其他人續補的漢史，歷經二十多年，「究西都之首末，窮劉氏之廢興，包舉一代，撰成一書，言皆精練，事甚該密，故學者尋討，易為其功，自爾迄今，無改斯道」（劉知幾《史通・六家》）。這部書，就是我國第一部紀傳體斷代史——《漢書》。

章帝建初三年（公元七八年）班固升為玄武司馬，是守衛玄武門郎官中的下級官吏，但章帝也很賞識班固的才能，常召班固入宮侍讀，有時還要班固作賦頌，參與議政。第二年，章帝召集當代名儒在洛陽北宮白虎觀討論五經異同，班固以史官的身份兼任記錄，並奉命負責整理這次討論的情況，撰成《白虎通德論》，又稱「白虎通義」。會議進一步肯定了「三綱六紀」，把儒家經典宗教化、神學化，使封建倫理綱常更加系統化，並把《白虎通德論》作為官方欽定的經典刊布於世，成為封建統治階級的一部法典。

和帝永元元年（公元八九年）皇舅車騎大將軍竇憲出征北匈奴，班固擔任他的中護軍隨軍出征。班固與竇憲本有世交之誼，現在成為竇憲的幕僚，二人關係更為親密。竇憲率領軍隊，長驅直入，大敗北單于，興致勃勃登上燕然山（今蒙古杭愛山），要將這次北伐的功勞刻在石上永作紀念，班固便寫了有名的〈封燕然山銘〉。

永元四年（公元九二年），竇憲因擅權先免職，後被和帝所迫而自殺。班固也因為與竇憲關係密切而免掉了官職。在此之前，洛陽令種兢曾受過班固家奴的侮辱，現在班固倒了霉，種兢就乘機報復，隨便羅織個罪名就將班固逮捕入獄，班固不久冤死於獄中，死時年六十一歲。

班固死時，他所著的《漢書》除八表及〈天文志〉遺稿散亂，沒有完成外，其餘已全部寫就。和帝於是又命班固妹班昭來補作，班昭只完成了八表，和帝又命馬融兄馬續來續補〈天文志〉，從班固到馬續，前後經歷數十年，《漢書》才算最後告成。

劉向、馮商、揚雄乃至班彪，都是綴集史實來續補《史記》，誰也沒有想到要寫一部完備的漢代史。到了班固的時候，各種條件具備了，他有意識地要寫一部漢代歷史的著作，漢武帝前的漢史資料，主要來自《史記》，武帝之後的漢史記載，以班彪《史記後傳》及其他諸家的續補為藍本，又綴集了大量的新資料。《漢書》雖說由班固二十多年來勤奮寫成，但

其父班彪、其妹班昭、同郡人馬續的功勞不可磨滅，甚至司馬遷、褚少孫、馮商、揚雄等人的作用也不可抹殺，如果沒有這些人的辛勤著述，《漢書》的成書是不可能的。要寫出一部有價值的傳世之作是很不容易的，《漢書》不僅是班氏兩代人心血的結晶，更是中華民族文化長期積累、發展的結果。

《漢書》的體例主要依仿《史記》，略有變更，改書為志，取消了世家。《漢書》資料豐富詳實、審核整齊，全書共一百篇，帝紀十二篇，記載從漢高祖劉邦到漢平帝劉衎的編年大事。表八篇，分別譜列王侯世系、記錄官制演變，以聖、仁、智、愚等九級排列歷史人物。誌十篇，由《史記》八書擴充而成，是貫通古今政治制度、經濟、文化的專史。列傳七十篇，是從陳勝到王莽不同社會階層、各種類型重要人物的傳記，也包括漢代邊疆一些少數民族甚至部分鄰國重要人物的傳記，這是《漢書》的主體部分。全書以紀、傳為中心，各部分互相聯繫、互相補充，全面地反映了西漢王朝的歷史。

《漢書》是我國第一部紀、表、志、傳各體例完備的斷代史，成為我國後世紀傳體斷代史的權威與準繩，現存的所謂二十五史，基本都是沿用《漢書》的體例，在中國史學上有巨大的貢獻。尤其是它的十誌，對古今政治、經濟、文化都作了詳細的記載，擴大了歷史研究的領域，使書誌體成為正史不可缺少的重要組成部分，並直接推動了後世通典、通誌、通考等典章文物專著的產生。《漢書》紀、傳的文學性雖不如《史記》，但它是繼《史記》之後一部傑出的傳記文學作品，在文學史上有著重要的地位與影響。

奇女子緹縈上書救父親

西漢時，臨淄（今山東淄博市臨淄區）有一位著名的醫學家叫淳于意，早年做過齊國管理都城糧食的官吏——太倉令，所以人們又稱他為倉公。淳于意本是個讀書人，又喜歡醫學，在做太倉令時就利用閒暇時間為周圍的人號脈治病。由於他性格耿直，不會阿諛奉承上司，一直得不到重用，後來他乾脆辭去了太倉令的職務，索性當起醫生來。淳于意的醫術非常高明，能預先決斷病人的生死，病人吃了他的藥，沒有不痊癒的。因此，來找他看病的人絡繹不絕。

漢文帝四年（公元前一七六年），一個很有權勢的大商人的妻子得了病，前來請淳于意去醫治。淳于意一見病人就搖頭，向大商人說：「您的妻子患了絕症，藥物是無濟於事了。」大商人認為淳于意故意誇大病情，藉此多索要醫療費用，於是拿出很多的錢來，一定

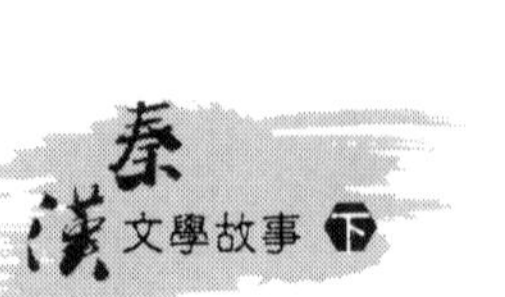

要淳于意給治療下藥。淳于意推辭不過，就開了藥。那位病人吃了淳于意藥方上的藥以後，仍不見好轉，過了幾天就死去了。大商人以為這是淳于意誤診所致，寫狀子向當地官府告發淳于意藉醫殺人。當地的官府素與這位大商人有來往，接到狀子後，也不作認真調查，就認定是淳于意下錯了藥，犯了人命案子，判他肉刑，並押送他去京都長安受刑。當時漢朝實行的肉刑共有三種，一種是黥面，即在臉上刻字；二是劓鼻，即割掉鼻子；三是刖足，即截去左腳或右腳。不論哪種肉刑，對於一個受刑的人來說，等於毀了他的一生。

淳于意沒有兒子，只有五個女兒。在押往長安的那一天，全家人都去送淳于意，那五個女兒個個都淚流滿面，身負刑枷的淳于意聽了她們悲切的哭聲，心中更是悲痛，他想勸她們，但又一時不知該說什麼為好，長長地嘆了一口氣說：「哭管什麼用？如果生個男孩，或許一旦遇到危難還有個幫手，你們這些女孩子，到了緊急關頭只懂得哭！」他的小女兒淳於緹縈被父親的話深深地刺痛了心，她想，女兒也是個人，為什麼偏偏沒有用呢？於是決心隨父前行，一定想辦法解救父親。父親見緹縈決意要去，從臨淄到長安，長途跋涉有許多不便，才後悔自己剛才說的幾句話，家人也再三勸阻緹縈不要去，但緹縈決心已下，誰也攔不住。

到了長安城，她就上書給皇帝，漢文帝拿來一看，那奏章上寫的大致是：我的父親淳于

意曾是朝廷的官吏，在他任職期間，齊地的人們都稱讚他廉潔公正。現在因為犯了罪，按法要處以肉刑。我不僅為我父親難過，也為天下所有受刑的人難過。常言道：人死了不能再復活，身體肢解了不能再安上。即使他們想改過重新做人，也沒有機會和辦法了。我情願被充做官婢來抵贖父親的罪行，以使我父親免受肉刑，好使他有個真正改過自新的機會。漢文帝看完緹縈這份奏章，非常感動，又聽說上書的是個小姑娘，更是從心眼裡欽佩。

漢文帝劉恒是漢高祖之子，為薄夫人所生。被封為代王。高祖死後，薄夫人慘遭呂后迫害，就跟兒子住在代地。薄夫人出身低微，家人嚴謹善良，高祖在世時，就是個不受寵愛的妃子，因此常存同情弱者之心，對下層人的疾苦多少還了解一些。諸呂翦滅後，朝中大臣認為代王仁孝寬厚，以孝聞名天下，擁立他為天子。現在看到緹縈上書，激起了他的惻隱之心，就下詔說：「我聽說在有虞氏的時候，用穿戴畫有特別花紋和塗有特別顏色的衣帽來區分罪徒，來顯示恥辱。雖然僅僅如此，而民眾就不敢輕易犯法。這是為什麼？是因為有賢明的政治。現在我們的刑法中列有三種肉刑，而姦邪還是不能被禁止，其中的原因是什麼呢？難道不是我的德行淺薄而教化不明嗎？《詩經》說：『平易近人的君子，是保護養育人民的父母』，如今有人犯有錯誤，還沒有進行教化就對他們施加刑罰，若有人想要改行善道也就無路可走了。我非常憐憫他們。刑罰竟達到斷人肢體、毀壞肌膚、使人終生不能復原，這是多麼痛楚而又不講恩德的做法，這怎麼能符合為民父母的宗旨呢？應當廢除肉刑！」於是，文帝赦免了淳于意，讓他父女回家，並下令修改國家刑律，取消肉刑。

文帝廢除肉刑，是漢代刑法上的重大改革，緹縈捨身救父的美談也因此為人廣為傳誦，司馬遷還特意為淳于意立傳，班固也將此事特地寫入《漢書・刑法志》中，在漢代緹縈還被當做宣傳孝道的典型。

東漢偉大的史學家、文學家班固，不僅在《漢書》中讚頌緹縈的孝行，而且還寫了一首題為〈詠史〉的五言詩，以表達自己對這位以孝名於世的小姑娘的敬佩之情。原詩全文如下：

三王德彌薄，唯後用肉刑。
太倉令有罪，就逮長安城。
自恨身無子，困急獨煢煢。
小女痛父言，死者不可生。
上書詣闕下，思古歌雞鳴。
憂心摧折裂，晨風揚激聲。

聖漢孝文帝，惻然感至情。
百男何憒憒，不如一緹縈。

大意是：三代君王（暗指漢代皇帝）的品德在越來越淡薄時，才靠嚴酷的肉刑來治理國家。太倉令淳于意因為犯了罪，而被押往長安城。他哀嘆自己沒有兒子，在緊急關頭孤獨無助。他的小女兒緹縈悲痛父親所言：的確，人死了不能復活。她決心終身做為官婢來贖父罪，於是，她上書皇帝，闡述自己的心願。這孝行使人想起古代雞鳴之歌中的賢妃貞女。緹縈為救父親憂心如焚，晨風也為此而悲鳴。聖明的漢文帝，被緹縈的至誠感情所打動，於是赦免淳于意，取消了肉刑。世上那麼多的男子是那樣的糊塗無用，還不如一個小小的女子緹縈竟能讓文帝取消了肉刑！

從現有文獻資料看，班固的這首〈詠史〉詩，是現存最早的文人五言詩。文人五言詩始於漢代，它是中國詩歌發展到一定階段的必然現象，五言的句型，在先秦的雜言體詩歌中就已存在，漢代的文人經過學習、模仿，逐漸使整齊的五言體詩歌成為中國詩歌中的一種固定類別，班固的〈詠史〉詩開文人五言詩的先河，而代表這類詩歌最高藝術成就的則是東漢的〈古詩十九首〉。

這首〈詠史〉質樸平實地敘寫史事，缺乏文采和形象性，證明當時文人初創五言新詩體，技巧還很不成熟。南朝梁代著名文藝理論家鍾嶸批評班固〈詠史〉「質木無文」，缺乏麗辭、境界。儘管如此，班固的〈詠史〉詩，體現了班固在詩歌上的創新。〈詠史〉一詩為中國詩壇開闢了一個新天地，其歷史貢獻是不可磨滅的。

《東觀漢記》：怪異現象大雜匯

漢代除了《史記》與《漢書》之外，還有兩部很有影響的史著——《東觀漢記》與荀悅的《漢紀》，其中《東觀漢記》也屬紀傳體，具有傳記文學的特徵。

《隋書・經籍志》稱，《東觀漢記》是東漢安帝時劉珍等人撰，實際上此書的編寫開始於明帝之時。明帝為表彰光武帝中興漢朝的功業，詔令蘭台令史班固等人共撰〈世祖本紀〉，後來班固「又撰功臣、平林、新市、公孫述事，作列傳、載記二十八篇奏上」。（范曄《後漢書・班固傳》）明帝命班固等人修當代史，只限於光武帝一朝，而班固等人所寫的那些傳記也不足為光武帝一朝完史，後人卻把它視為東漢國史編撰的開始，成為撰寫《東觀漢記》一書的發端。

《東觀漢記》的編撰前後經歷了一百二三十年，經過許多人的辛勤勞作，最後在靈帝、

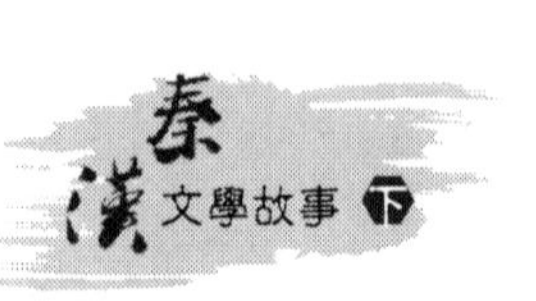

獻帝時修撰完畢，成為一部紀、傳、志、表完備的紀傳體東漢史。論起成書的功績來，班固是撰寫此書的先驅，中期的劉珍和崔毫出力最多，後期的蔡邕則貢獻最大。《隋書・經籍志》稱此書共一百四十三卷，起於光武帝，止於靈帝，然而考其列傳，有記獻帝時期的事，這大概是卒於魏文帝黃初六年（公元二二五年）的楊彪又進行了續補。晉時，《東觀漢記》很有影響，與《史記》、《漢書》並稱為「三史」。

編撰本朝史書，自然要深受當代正統思想的影響。東漢初，光武帝劉秀就大力提倡讖緯迷信，爭取社會輿論對他的統治的支持。從明帝起，東漢王朝在思想意識方面進一步加強了專制。章帝時出台的《白虎通德論》，是一套完整的封建精神統治理論體系，用來嚴密地控制人們的思想意識。那些編撰《東觀漢記》的儒士被禁錮在蘭台、東觀，一切都要以皇帝的詔敕為準則，編撰必須秉承皇帝意旨，思想也被嚴格地禁錮起來，全然沒有一點以往史家學術上的自由，與《漢書》比較起來，《東觀漢記》的御用特點更加鮮明。

從班固等人初撰〈世祖本紀〉起，《東觀漢記》的編撰者就奉詔神化劉漢皇帝，歌頌其功德。《東觀漢記》雖然是一部當代人所撰的當代史，然而神秘色彩濃重，記載祥瑞與災異的內容較多。編撰者的本意是為了神化皇權，用以欺騙社會群眾，然而在文學價值方面，則因為增加了虛幻內容，而發揮了編撰者虛構與想象的能力，對奇異現象的生動描述，也增加

了人物傳記的文學色彩。

《東觀漢記》中怪異現象的記載，大多集中在帝王的紀傳裡。如〈世祖光武帝本紀〉中，記述了光武帝出生時的怪異及奇特的相貌。西漢哀帝建平元年（公元前六年）十二月甲子夜，光武帝誕生於濟陽（今河南蘭考東北），當他出生時，屋子裡出現了紅光，把房間照得通明，如同白晝一樣。光武帝的父親劉欽感到特別奇怪，就請算卦人王長來，想叫他以卦象來解釋一下為何兒子生時紅光滿屋。王長占了一卦，神秘地說：「這是大好事，好到不可言傳的地步。」就在這一年，據說田裡長出了奇特的莊稼，禾莖上竟長出九個穗來，人稱為「嘉禾」，這年濟陽一帶農作物獲得了大豐收。地裡出現嘉禾，從古以來就認為是吉祥的徵兆，相傳在周公時就出現過，當時人們認為這是周公以德輔政所致，為此還特地作了〈嘉禾〉篇來紀念此事。劉欽於是就以嘉禾來為光武帝取名，叫做秀。秀的本意就是指禾類植物開花抽穗，用於人，就引申為特異、優秀。這一年不僅地里長出了嘉禾，天上還有稀罕的事呢，有許多鳳凰不約而同地飛到了濟陽，天子的祥瑞首先從這些現象中呈現出來。

再看對劉秀長相的描述：劉秀長的是高鼻梁，大概與我們今日看到的西洋人的鼻子差不多，也與他的九世祖漢高帝劉邦相同，劉邦就因鼻梁高而有一個「隆準公」的別稱，隆，高起，凸出。準，鼻子。宋代夏溥的〈鴻門歌〉中有這樣的詩句：「君看項王重瞳舜重瞳，天命乃在隆準公。」《東觀漢記》強調、誇張劉秀的鼻子，旨在說明他的天命與劉邦是一脈相承的。《東觀漢記》還寫劉秀額骨中央部分隆起，形狀如日，這一點與古帝王伏羲相同，至於劉秀長著大嘴、美麗的鬚眉，身高七尺二寸，也都應了大貴之相。

再如〈穆宗孝和皇帝本紀〉中提到「貞符瑞應八十餘品，帝讓而不宣，故靡得而記」。〈恭宗孝安皇帝本紀〉中寫漢安帝劉祜，他是清河孝王劉慶的兒子，未即帝位前，在他的住宅，出現了神光和赤蛇的祥瑞，神光使滿屋生輝，赤蛇盤繞在梁柱與床頭之間。總之，《東觀漢記》的作者收集或編造這些怪異現象，無非是想說明這些帝王承大統是天意安排，是上天故意呈現這些異常現象來昭示人間。

《東觀漢記》中有怪異記載，其實是不足為怪的，它正是當時黑暗、愚昧政治現實在傳記作品中的折射。

漢武帝會王母的故事

在歷史上，漢武帝劉徹終生癡迷於求仙訪道，他同秦始皇一樣，是一位出了名的愛做神仙夢的皇帝。為了祈求長生不老，他四處祭祀名山大川，廣泛尋求方士巫術，大肆揮霍民眾血汗，無所不用其極地企盼著能夠得道成仙。或許是常言所說的「心誠則靈」吧，漢武帝的這一番苦心終於感動了百神之長西王母，她派侍女王子登從昆崙山降臨到漢宮承華殿，向武帝通報：王母將於七月初七日來同武帝相會。望著眼前風華絕代的瑤池仙女，漢武帝簡直如陷九天雲霧之中，他的心都快停止跳動了，好一陣才猛然驚醒過來，諾諾連聲地答應不迭。一陣香風飄過，王子登返歸崑崙。武帝癡望著仙女遠去的方向，他的魂魄也被牽向了遠方。

接下來的日子，武帝神不守舍，急切地盼望著與王母相會的時刻早點到來。他把國家大事統統委託給了宰相，自己則整天齋戒沐浴，生怕形象不佳，引起神仙的不快。在這種度日

如年的煎熬中，七月七日終於來臨了。

夜晚一更過後，靜穆的天空忽然自西南方湧起大片的白雲，雲頭浩浩蕩蕩地很快飄到了宮廷之上，雲中傳出簫鼓之響和人馬之聲。早已盛裝迎候於庭中的漢武帝知道他企盼多時的王母駕到了。大約過了半頓飯的功夫，只見數千天仙如群鳥一般飛集殿前。有的駕龍虎，有的御麒麟，有的騎天馬，有的乘白鶴，有的控天車，紛紛雜雜，飄飄搖搖，祥雲萬朵，瑞氣千條。漢武帝看著眼前的情景，早已目馳神搖，不知自己身在何方了。這時，又有五十位天仙簇擁著一駕紫雲之輦降至殿前。輦中走下兩位侍女，只見她們身著青綾上衣，星目流盼，神姿清發，年齡約在十六七歲，真是世間罕見的美人；接著，輦中又走下一位三十來歲的聖女，她身穿金色大氅，外系靈飛綬帶，腰佩寶劍，頭戴太真金冠，足登瓊鳳之履，雍容華貴，儀態萬方，容顏絕世，天姿璀璨。這就是統御神仙世界的西王母，是漢武帝朝思暮想、渴求一見的眾神之長！

王母在侍女的扶持下緩步登上大殿，漢武帝深深地迎拜下去。王母請武帝分賓主坐下，吩咐擺設天宴招待武帝。只見仙侍們穿梭忙碌，很快將山珍海味、龍肝鳳髓等各種珍饈異饌擺滿了庭中。王母請武帝開懷暢飲，其實武帝早已垂涎欲滴，他認為這些神仙食物吃了就會長生不老的，所以王母一說「請」，武帝就毫不客氣地大嚼大嚥。王母又吩咐侍女王子登、

董雙成、石公子、許飛瓊、阮凌華等人奏仙樂助興，於是仙女們有的彈琴吹笙，有的擊鐘鼓簧，有的敲石撞磬，有的低吟淺唱，一時庭中輕歌曼舞，飄香四溢，真是不折不扣的人間天上！

漢武帝完全陶醉了。他恍恍惚惚地覺得自己也成了神仙，與眾多的仙伴一起歡聚豪飲，人世間的一切都已不復存在，於是他情不自禁地眉開眼笑、手舞足蹈。忽然，他聽到仙樂停了，殿中響起嗤嗤的笑聲和竊竊私語。武帝醒過神來，看到仙女們正用意味深長的眼光瞅著他，目光中透露出一絲憐憫和嘲笑，他一下子如從九霄雲外跌落下來：原來自己仍然只是一個凡夫俗子！此時此刻，他沮喪極了，眼前的美酒佳餚也不可口了，他的心中充滿了悲哀，但也更激起了他對得道成仙的決心。這時，王母又讓侍女們端上仙桃請武帝品嚐。武帝吃下仙桃，感到醇香甘美、蜜汁滿口，不愧是仙家神果，但他更急切地向王母討教成仙長生的秘訣，並要求王母給他一些不死之藥。王母說：「瑤池仙界自有很多不死之藥，如中華紫蜜、玉液瓊漿、風實雲子、絳雪玄霜之類，這些藥可分上中下三品。你是人間帝王，又傾心向神，本應賜仙藥給你，但是你用情不專，欲心太多，殺伐過重，不合神仙之道，所以不死之藥於你無益。若求長生，只宜靜心定性，導引吐納，養精益血，壯骨強身，還宜戒近女色，泯滅殺心。如此修道，自能固本強末，以至於人間期頤之壽。望皇帝依我之言，如能從教，我自會使上元夫人下界相助。今日此會，以酬你對神仙之殷殷相盼，就此別過，後有會期。」王母的一席話，像給武帝當頭澆了一盆冷水，他滿心的失望可又不敢表示絲毫的怨艾。忽然，他低頭看見手中的桃核，眼前一亮，趕緊把桃核揣進懷裡。王母問道：「你意欲何為？」武帝嚅嚅地說：「此桃甚美，我想種它。」王母笑著說道：「此桃乃仙界之物，三千年方結果實，不是凡間所能享用的。」武帝徹底失望了，他默默無言地起身送王母下殿，惆悵滿懷地望著王母與眾仙駕祥雲而去。

與王母相會以後，漢武帝更加有過之而無不及地癡心求仙。王母也真的派上元夫人下界幫助。上元夫人再設天廚款待漢武帝，與他縱談長生之道，通宵達旦，還把王母所授的五嶽真形圖授予他。按說有仙人如此相助，漢武帝肯定能得道成仙了吧？其實不然，世界上本沒有神仙鬼怪，漢武帝不懂得科學，不按客觀規律辦事，只沉迷於自己的幻想，到頭來只能是竹籃打水——一場空，給後人留下了無數的笑柄。

《漢武帝內傳》通過描寫武帝會王母的故事，藉助於王母、上元夫人與武帝的對話，刻畫了漢武帝的性格特徵和精神面貌，從側面揭露了漢武帝殘暴、淫亂、奢侈的本性，有一定的批判意義。但是本作品更多地宣揚道術，滿篇都是莫名其妙的仙人、仙藥、仙書、仙術，情節單調，文辭繁縟，許多地方枯燥無味，令人難以卒讀，破壞了故事的生動性。不過，

它畢竟使文學創作脫離了拘泥於史實的局限，在很大程度上豐富了漢代小說的內容和表現形式，為古典小說藝術的發展作出了一定的貢獻。

漢武帝與方士的軼聞趣事

秦漢時期，神仙之說非常盛行。當時宣揚神仙之說的人被稱為方士，他們宣稱神仙居住在世外洞天，不食人間煙火，逍遙自在，長生不老。但是神仙不與凡人來往，只與方士們結交。所以當時不少的封建統治者，如秦始皇等人為了求得長生不老，就廣泛招納方士，到處求仙問道，耗費了大量的人力、物力和財力。他們還不惜拿自己的身體作試驗品，吃了很多的「長生不老藥」，結果還是無濟於事，最後只能像凡人一樣地死去，給後人留下了許多笑柄。《漢武故事》中的漢武帝，就是像秦始皇一樣頑固地迷信神仙方術的一個皇帝。他步秦始皇後塵，招攬了大批的方士，如李少翁、公孫卿、欒大等人，讓他們煉丹製藥，溝通與神仙的聯繫。

李少翁是從山東來的一個方士，自稱有二百歲了，但是長得面龐紅潤，像小孩子一樣。

漢武帝見他鶴髮童顏，便相信他真有神仙之術，於是就拜李少翁為文成將軍，賞賜了許多珍寶，像貴賓一樣待他。李少翁也煞有介事地裝神弄鬼，指使漢武帝蓋起了甘泉宮，在宮中畫了各種神像、雲氣，把宮內裝扮成神仙世界的樣子，然後他很有把握地告訴武帝：「我先把太一神君招來，然后陛下就可以升天了，升天之後能夠到達蓬萊仙境。」漢武帝滿心高興，樂滋滋地等著當神仙。誰知李少翁祈禱了半天也沒把太一神君招來。

過了一年多，李少翁的法術始終也沒有完全靈驗。漢武帝越來越壓不住火兒了，李少翁也慌了手腳。正在這時，漢武帝最寵幸的李夫人死了，李少翁趕緊向武帝表白，說他能招來李夫人的靈魂與漢武帝相會。雖然武帝對這些話半信半疑，但是因為思念李夫人，他也只好暫且聽從李少翁的安排。於是在一天夜裡，李少翁命人搭起兩頂帳篷，在其中一頂內明晃晃地點起蠟燭，自己在裡面叩頭禱告，讓漢武帝在遠處的另一頂帳篷內觀看。忙活了大半夜，李少翁乘武帝不留意的時候，引來一位漂亮女子，讓她端坐在帳中。漢武帝頭昏眼花，從遠處隱隱約約地好像看見了李夫人，他急著要與李夫人相會，可是李少翁攔住了，說只能遠瞧，不能近看，否則李夫人的靈魂就會消失，漢武帝只得無奈地嘆息。正因為這件事，漢武帝對李少翁的法術還是將信將疑。

據其他史籍記載，李少翁常耍些小聰明來蒙混過關。一次，他讓人在絲巾上寫了一些

怪誕的話冒充天書，然後把絲巾餵給牛吃，自己裝做未卜先知似的告訴武帝，說這頭牛腹中有奇。把牛殺死後，他取出「天書」來證明自己是有法術的。武帝正疑惑間，有人認出「天書」上的字跡是某某人的手筆，武帝向寫字人一查，果然是李少翁在搗鬼。他再也壓不住火兒了，就以「欺君」的罪名讓李少翁的腦袋搬了家。

李少翁被殺之後一個多月，漢武帝派往關東辦貨的使者回來了。他說在澧亭看見了李少翁。武帝又驚又疑，讓人挖開李少翁的棺材一看，裡面只有一枚竹筒，屍首不見了，可是周圍並沒有起墳逃跑的痕跡。武帝心想：文成將軍大概真是神仙吧？

幾年以後，漢武帝得到一個古鼎。又一個山東來的方士公孫卿趁機報告，說上古時候黃帝得到過一個寶鼎，按照大臣的指點成了仙。武帝很高興，召公孫卿來細問。公孫卿花言巧語地說：「小臣是從申公那裡得到鼎書的。申公已經升天了，他告訴我漢朝的聖人是高祖的曾孫，就是陛下您呀。現在您得到了寶鼎，應該立刻上泰山行封禪大禮，那樣就能登天了。」武帝就拜公孫卿為郎官，拿著代表皇帝的節杖到東萊山去迎神。公孫卿說有一人，身高五丈，自稱「巨公」，牽條黃狗，駕著黃雀要見皇帝。漢武帝以為神仙下凡了，就急急忙忙趕到了東萊山。可是住了好幾日，什麼也沒見到，只看見一個大大的腳印。漢武帝惱羞成怒，向公孫卿大發雷霆。公孫卿嚇得趴在地上連聲說：「陛下息怒。仙人是可以見到的，可是陛下來得太快了，所以沒有遇上。請陛下在此地建一個觀，要造得高一點兒，因為仙人喜歡住在高樓上。有了這座觀，仙人就會下降了。」武帝回到長安建了飛廉觀，觀高四十丈，又在甘泉宮外建了延壽觀，也高四十丈。因為漢武帝住在這些地方，他想把觀造得離自己近一些，可及時得到神仙的召見。但是他白費了許多心血，也始終沒有見到神仙。公孫卿由於善於巧言詭辯才得以保全了性命。

漢武帝還曾經寵信過一個叫欒大的方士。根據《史記》記載，欒大長得高大俊美，好撒謊而又面不改色。武帝被欒大哄得暈頭轉向，不但封他為五利將軍，讓他佩戴天士將軍、地士將軍、大通將軍和天道將軍等金印，而且還封他為樂通侯，把衛皇后的長公主嫁給了他。一時之間，欒大名振天下，又引來了無數的方士進獻神仙方術，弄得朝廷上下烏煙瘴氣。《漢武故事》當中也記載了武帝封欒大為天道將軍的情景：皇帝的使臣穿著羽衣，站在地上鋪著的白色茅草上；欒大也穿著羽衣站在白色茅草上接受使臣頒發的玉印。武帝這樣舉行儀式，是表示不把欒大當做臣子，而是當做神仙的代表來看待。

但是欒大終歸是一個騙子，他所能做的就是讓漢武帝蓋起了九間神殿，殿內殿外有用珠寶金玉做成的台階、屋椽、家具、金鳳、玉樹等物品，這些幾乎耗盡了天下的財力。而武帝朝思暮想的神仙卻始終不肯露面。欒大招不來神仙，卻招來了許多小孩兒。欒大讓這些小孩裝成神對武帝說：「要見神仙，應打點好行裝到海上去。」武帝不敢去，對欒大的方術、謊言也漸漸失去了信心。別人又把欒大一些無賴騙人的行徑告訴了他，武帝這才恍然大悟：原來自己被這個小人耍弄了。他又急又氣又悔又怒，只好將欒大腰斬了洩憤。

世界上本沒有什麼神仙鬼怪，這是被現實證明瞭的道理。漢武帝迷信神仙，寵信那些誇誇其談的方士，做了許多愚蠢的事情，這一方面說明他頭腦僵化，異想天開，表明封建社會的統治者絕不是什麼「天之驕子」、「君權神授」；另一方面說明有許多貪圖私利的奸詐小人往往能夠根據當權者的喜好，施展他們溜鬚拍馬的特長，為自己謀求榮華富貴。這種小人漢朝時有，現在也沒有完全絕跡。《漢武故事》對漢武帝沉迷於神仙方術，搜刮揮霍民脂民膏的行為給予了深刻的揭露，對我們有一定的教育意義。但是我們也應當看到，由於漢代科技並不發達，《漢武故事》的作者是把武帝求仙的所見所聞當做真事來加以記載的，對方士們的某些騙術也是信之不疑的，這也表明了作者在時代、思想上的侷限性。不過，作為正史的補充，《漢武故事》在史學方面和文學方面都給後人留下了一些可供回味和借鑑的東西。

舉案齊眉、相敬如賓的來歷

東漢初年，有一位品行高潔之士，他為後世留下了夫妻相敬如賓的美談，也因作〈五噫歌〉而被載入了中國文學史冊，成為東漢時期的文學家，這個人就是梁鴻。

梁鴻，字伯鸞，大約生活在漢光武帝至漢和帝（公元二五－一〇四年）時期，為扶風平陵（今陝西咸陽西北）人。父梁讓，王莽時為城門校尉，封修遠伯。梁鴻幼年時，恰逢西漢末的戰亂，父死於北方，用一塊草蓆捲屍草草埋葬，從此，梁鴻成為孤兒。雖然家境非常貧困，但他很有志氣，從小好學，並以優異成績考入太學。進入太學後，他更勤奮地博覽群書，以通曉典術而受到師友的稱讚。

太學卒業後，因家貧，無人舉薦，梁鴻就到上林苑中以放豬為生。一次，因不小心家中失了火，大火延及鄰家。梁鴻人窮志不短，一下子把豬全部賠給鄰家，但鄰家仍嫌不夠，他於是給鄰家做佣人來抵償其損失。在這期間，梁鴻總是起早貪黑地賣力幹活，從不懈怠。就從這一點上，鄉間的老者們就看出梁鴻不是平常的人，並且紛紛為他鳴不平，責怪傭主薄情不義。漸漸地，傭主也覺得自己有些太過分了，就向梁鴻道歉，並要將豬全部退還給他。但梁鴻執意拒收，只答應結束傭工，然後回到陝西扶風老家。

梁鴻貧而有氣節，德行高潔，深受家鄉人的敬慕。連當地許多有錢有勢的大戶人家都想把女兒許嫁給他，但都被他一一謝絕了。同縣有個姓孟的大家族，家中有個小姐叫孟光，她長相不美但身體健壯，賢惠聰穎，有許多豪門望族託人前來說親，想與孟家聯姻，但都遭到孟光的拒絕。父母對此非常不解，就問孟光：「你已經三十歲了，為什麼總是回絕人家，遲遲不嫁呢？」孟光心平氣和地對父母說：「婚姻乃終身大事，要嫁只能嫁給像梁鴻那樣品德賢潔的人。」父母明白女兒的心思後，就託人告知梁鴻。梁鴻聽了非常高興，這樣注重品行的女子，正是他愛慕的人，當即就去向孟家求親。

結婚的那一天，孟光全身上下綾羅綢緞，珠光寶氣。梁鴻一見，大失所望，非常生氣，既不牽紅絲繩，也不與她一同拜堂，一甩袖子走進自己的書房，連續幾天不理睬孟光。到了第七天，孟光走進書房，跪在梁鴻的面前問道：「我聽說您有賢德，選擇妻子的條件非常苛刻。我也謝絕了數家前來求親的人。如今我們能夠成為夫妻，這是兩廂情願的。您連續

七天不理我，請問我哪裡做得不對？」梁鴻頭也不抬地回答說：「我一心想娶個布衣健婦，將來共同隱居深山。而你身穿綾羅，臉敷粉黛，這哪裡是我所想要的？所以，我不能與你親暱！」聽了丈夫的話，孟光高興地說：「您想深居簡出，我也早有準備，您不必如此生氣。」說著，她迅速回到內室，洗掉臉上脂粉，卸去盛裝，改穿麻鞋布衣，頭紮椎形髻，手拿織作筐，來到梁鴻面前。梁鴻望著眼前的孟光，與剛才判若兩人，異常興奮地說：「這才不愧為我的妻子！」看著丈夫滿意的笑容，孟光親熱地說：「您確實是我的好夫君，人們都說您才學好，品德高，可我還是想試試您究竟喜歡我什麼！」梁鴻這才明白，妻子是有意以華貴的穿著來試探他。通過此事，梁鴻更加喜愛孟光，並為她取字為「德曜」。有一天，孟光問梁鴻：「您不是想隱居幽山、遠避濁世嗎？為什麼寂然不動，難道又改變了主意，想忍氣屈就嗎？」梁鴻從容地回答說：「我正想如何遷居呢！」說著便去收拾行李，與妻子一起搬入霸陵山中，以耕地織布為業，以彈琴誦詩自娛；閒暇時，梁鴻還蒐集前代高潔之士的事蹟，並為他們作頌，藉以勉勵自己。

大約在漢章帝建初、章和之際（公元七七—八八年），梁鴻因事出關路過京師洛陽，當看到那華麗無比的宮殿時，觸景生情，由豪華的宮室想到奢侈的帝王將相，由貪得無厭的統治者想到飢寒中掙扎的勞苦大眾，一種忿然不平之情油然而生，於是作了一首〈五噫歌〉，以抒發他對現實的不滿和憤慨。歌詞原文如下：

陟彼北芒兮，噫！
顧瞻帝京兮，噫！
宮闕崔嵬兮，噫！
民之劬勞兮，噫！
遼遼未央兮，噫！

歌詞大意是：登上那北芒山（在今河南洛陽市北）啊，遠眺那威嚴的京都，帝王宮殿高大壯觀啊，天下的黎民何等辛苦！哀嘆人民永遠受苦受難啊，何年何月才是個盡頭！

這首詩感事傷時，連用了五個表示激憤之極的感嘆詞「噫」，故而稱〈五噫歌〉。全詩的表現形式新穎獨特，在詩中作者對帝王奢侈無度的憤恨，對人民悲苦無盡的同情，全凝聚在這五個「噫」的概嘆之中。清代張玉穀《古詩賞析》中評論此詩說：「無窮悲痛，全由五個『噫』字托出，真是創體。」

這首詩先敘事，後抒情，以「兮」字作感情停頓，又以「噫」字作感情迸發，層層推

進，步步深入，將人民群眾的極端痛苦與作者強壓感情的極端痛苦融為一體，通過所見所感，有力地揭露了封建統治者窮奢極慾、把享受逸樂建築在勞動人民的痛苦之上的社會本質，也體現了作者不畏權貴、敢於針砭時弊的現實主義創作精神。

不久，漢章帝聞聽此歌，頓時大發雷霆，下令立刻捉拿梁鴻。孟光聽說京都貼出告示，要捉拿諷刺朝廷煽動不滿情緒的狂生梁伯鸞，一方面對丈夫所為十分理解，另一方面對官府的迫害憤憤不平，她面不改色地問丈夫：「怎麼辦？」梁鴻看看妻子，說：「怎麼辦？他來捉人，我就遠走高飛嘛！我打算到周代吳國始祖太伯生活的地方去，可你……」孟光立即回答說：「既然嫁到你家，就生生死死都跟著你！」於是，梁鴻改換姓名為「運期耀」，改字為侯光，與妻一道扮成農民，避居於齊、魯、吳。

梁鴻初到吳地時，生活沒有著落，就到當地有名的大族皋伯通家做舂米傭工，夜裡就借住在皋家大屋的廊下。梁鴻每次完工回家吃飯，其妻孟光將飯菜放在案中，並把案舉得與眉毛相齊，恭敬地請丈夫進餐。皋伯通得知此事後，十分詫異地說：「這位傭人，居然還能讓妻子對他如此敬重，看來不是個平凡之人。」於是，他熱情地邀請梁鴻在他家裡食宿，也不再讓他舂米。從此，梁鴻閉門著書，直到他病危，才將真實情況告知皋伯通，並告訴皋伯通自己想效仿古代高士延陵季子，死後不歸葬故里。梁鴻死後，皋伯通就把他葬在先賢要離的旁邊，對人解釋說：要離是一名剛烈之士，而梁鴻也是個品質清高之人，他們二人葬在一地，最合適不過了。

梁鴻平生品德高潔，體恤民生疾苦，不與朝廷合作，不與貪官汙吏合流，而且博學多才，留有著述十多篇。

名門之後班昭著《女誡》

班昭（約公元四九－約一二〇年），字惠班。她的丈夫叫曹壽，字世叔，很年輕時就去世了。封建社會男尊女卑，妻從夫稱，所以《後漢書》中稱班昭為曹世叔妻。

班昭出身於詩書之家，她的祖姑班婕妤是歷史上有名的才女，所寫〈團扇歌〉哀婉動人，流傳至今。她的父親班彪精通歷史，著有《史記後傳》十餘篇。她的長兄班固是大歷史學家，著有《漢書》。在這種家庭環境的影響下，班昭從小就喜愛讀書，興趣廣泛，博聞強記，能文善賦。尤其在歷史學方面，受其父兄薰陶，有深厚的功底。班固《漢書》中的「八表」和〈天文志〉沒來得及寫完就去世了，班昭奉和帝之命，進到東觀藏書閣裡，繼續撰寫，完成了八表。

由於班昭學識廣博，才智高超，和帝經常召班昭進宮，讓皇后和宮中貴人們把她當做

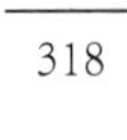

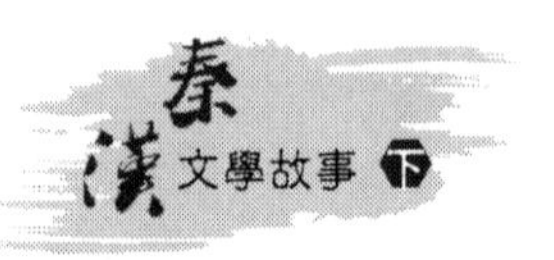

老師，稱她為「大家」。每當有珍奇物品貢獻入朝時，和帝也詔令班昭作賦作頌。漢代人讀書，要有老師講解，黃老學說、經學，都是這樣傳播開的。《漢書》問世後，很多人讀不懂，班昭便做了一些講解《漢書》的工作。她的同鄉馬融是她的第一個學生，到藏書閣來，恭恭敬敬地跪在地上，聽班昭講解。後來馬融成為東漢的著名學者，據說他的門生也有一千多人。

和帝去世後，鄧太后掌管朝政。她經常向班昭徵求處理政事的意見，於是班昭出入後宮，更加頻繁。鄧太后很感謝班昭對自己的輔助之功，下詔封班昭的兒子曹成為關內侯。曹成做官一直做到齊國的相國之位。

安帝永初年間（一〇七—一一三年），鄧太后的哥哥、大將軍鄧騭因母親去世，要辭官還鄉為母親守孝，上書請求太后批准。鄧太后怕哥哥離開朝廷，自己力量單薄，掌握不了朝政，不想讓他回去；但母親去世要盡孝道又是大禮，不能違背，太后猶豫不決，就請班昭來拿主意。班昭專門寫了一篇奏章闡述自己的觀點，認為謙讓之風是很大的美德，現在國舅能引身自退，正是完成名節的好機會，應當准許、成全其推讓的美德。於是鄧太后聽從班昭的話，准許鄧騭回鄉守孝。

班昭一生，除了續寫《漢書》之外，在歷史上有名的另外一項活動就是著有《女誡》

七篇。雖然班昭寫此書的初衷只是為了教育自己的女兒們遵守婦道，害怕她們行為不合禮法而辱沒家門，可這本書一出來，就受到當時人們的廣泛稱讚，在其後千餘年的封建社會中，《女誡》更成為中國婦女教育的經典課本。

〈卑弱篇〉稱，女孩子一生下來，就注定要謙卑勤苦。要「謙讓恭敬，先人後己，有善莫名，有惡莫辭，忍辱含垢，常若畏懼」；不但要態度謙恭，還要每日晚睡早起，操持家務。在家裡，事無巨細難易，一定要全力完成。平日對待丈夫要端莊嚴肅，丈夫不在身邊時不能嬉笑。在祭祀祖先的活動中要勤於操持，把祭品辦得豐盛乾淨。這些是對為婦之道的最起碼的要求。

〈夫婦篇〉講夫妻關係是人倫大事，丈夫要統治妻子，妻子要侍奉丈夫；丈夫無才無能則統治不了妻子，妻子不賢惠則無法侍奉丈夫。丈夫無法統治妻子，就失卻了威儀，妻子不能很好地侍奉丈夫，則廢掉了人倫大義。二者是相輔相成的。現在人們只知道教導男子讀書學習，明白事理，增長才幹，來統治妻子，顯示威儀，卻不知道女兒也需要教導，需要學習，明白事理來侍奉丈夫。所以也應讓女子八歲入學，十五歲畢業，使她們也接受教育。

〈敬慎篇〉裡說，男女在個性特徵上有著天然的區別，男以彊為貴，女以弱為美，諺語說「生男如狼猶恐其尪，生女如鼠猶恐其虎」，所以女子應當「敬」、「順」。「敬」就是能持久地保持恭敬的態度，「順」就是要寬容大度。夫妻在一起，日久天長，相互就越來越親暱，先是表現在語言上，繼而是在態度行動上，親暱的舉動過多，妻子就會在心裡對丈夫產生輕慢之意，自己有理就理直氣壯，自己無理也要耍滑狡辯，這就難免爭吵，接著便會產生惱怒和怨恨，爭吵無以洩憤，進而就開始動手廝打。這樣一來，夫妻間的恩義也就消失殆盡了。所以妻子對丈夫一定要始終保持恭敬的態度。

〈婦行篇〉中講，婦女有四種德行，叫婦德、婦言、婦容、婦功。有婦德並不是要聰明絕頂，能力超群；有婦言不是要求口尖舌利，巧於辯駁；婦容也不是指容貌艷麗動人；婦功也不是要求都做能工巧匠。只要文靜安嫻，日常的行為舉止得法就算是婦德；說話注意身份場合，不惡語傷人，不隨便插話，不以言語壓人，這就是婦言；勤於梳洗，服飾常保持乾淨整潔，這就是婦容；專心勞作，不聚眾嬉戲無度，能備好豐盛的酒食來招待賓客，這就是婦功。這四項是女人的大德，一項也不可忽略，且做起來很容易，只要用心、身體力行就可以了。

〈專心篇〉說丈夫像天一樣，誰也不能逃離天的覆蓋，所以丈夫可以再娶，女子不可改嫁，否則是違背神的旨意，將會受到神的懲罰，同時禮法也不能允許。對待夫君要專心

正色，耳目不要沾染不良的東西，在大庭廣眾的場合，打扮得不要太艷麗，回家不要戴多餘的飾物。要是舉止輕佻，在家衣飾容顏不整潔，外出則濃妝豔抹，說不該說的話，看不該看的東西，這就是不專心！

〈曲從篇〉講要持之以恆地善待公婆。孝敬公婆之心是一定不能失的，但孝敬公婆有時並不能得到他們相應的信任和喜愛，所以最穩妥的辦法莫過於曲從，即使他們的要求是不合理的，也不要爭辯。

〈和叔妹〉中說，婦人能受丈夫疼愛是因為公婆喜愛她，公婆喜愛是因為小叔、小姑讚譽她。因此婦女的好壞譽毀都掌握在小姑、小叔手中，和他們處好關係非常重要，這誰都知道，然而這關係處起來卻很難，對待姑叔應格外溫柔謙讓，小姑對待嫂子要仁厚。這樣叔嫂、姑嫂之間就會融洽相處。

馬融看到這些文章後，極度推崇，並讓他的妻子兒女們學習效法。班昭活了七十多歲去世，鄧太后穿上白衣表示哀悼，並派使者督察料理班昭的喪事。班昭所寫的賦、頌、銘、誄、問、註、哀辭、書、論、上疏、遺令，共十六篇。她的兒媳婦丁氏把班昭的作品匯為一集，還寫了一篇〈大家讚〉。

我們應該用分析批判的態度來看待《女誡》，它教導婦女無條件地服從丈夫，服從公

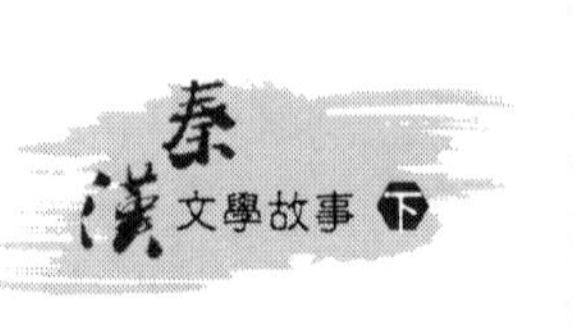

婆，忍氣吞聲，自甘卑賤等，這是錯誤的；但通過《女誡》，我們可以了解古人的思想，更深刻地認識、評價現代社會中的男人、女人，這才是我們研讀《女誡》的意義所在。

張衡：科學巨匠，文壇大師

在我國古代歷史長河中，沒有多少人能像張衡那樣光彩奪目：他在天文學、機械製造學、文學、經學和繪畫等諸多領域都作出了突出的貢獻，是一位兼科學家和文藝家於一身的歷史名人。郭沫若曾說：「如此全面發展的人物，在世界史中亦所罕見，萬祀千齡令人景仰。」

張衡（公元七八—一三九年），字平子，南陽郡西鄂（今河南南陽石橋鎮）人。少游三輔，後入洛陽太學，師從賈逵，遂博通群書。永元十二年（一〇〇年），始任南陽主簿，作〈二京賦〉和〈南都賦〉。永初二年（一〇八年）後，因讀揚雄《太玄經》而致力於自然科學的研究和探索。後又被徵召入朝為郎中，兩度任太史令，又作過侍中、河間相等。

張衡在科學上最傑出的貢獻是建立了中國古代先進的天文學。他是古代渾天說的代表人物之一，他認為天體像一個雞蛋，地球只是蛋黃，懸浮其中，並製作出渾天儀來表示天體運行。渾天儀像一個銅球，內外分成幾圈，各層圈上分別刻著太陽、月亮、星宿的軌道，還標有南北極、二十四節氣等，利用齒輪把渾象與計時漏壺聯繫起來，以水漏的推動力來驅動渾天儀，表示天體運行，一千八百多年前的張衡不僅知道地球是圓的，還計算出黃赤交角，地球公轉周期，並且與現在的研究結果非常接近，這是當時正處於宗教控制下的歐洲思想家連想都不敢想的。另外，張衡用水力推動球體作勻速運動，也影響到後來許多機械製造的設計和發明。

東漢時期，我國中原地區多次發生強烈地震。到張衡任太史令的時候，地震更加頻繁。地震不僅破壞巨大，也給人們心理上帶來巨大的恐慌，由於人們不了解地震發生的原因，一時間，讖緯迷信大肆流行。

張衡是太史令，收集地震情況，本來就是他的工作職責之一。他不相信地震是天意，而認為這是一種不受人力影響的自然災害。於是，他就想製造一台測定地震方位的儀器，用實際行動向人們證明地震不可怕，讖緯迷信是荒唐的。

經過長期的苦心鑽研，陽嘉元年（一三二年），候風地動儀製成了，這是世界上最早的地震儀。地動儀用精銅製作，圓周八尺，像個大酒桶。內部設置有高度靈敏的感覺機械——

都柱（即震擺），外面按八個方向，安裝了八個龍頭，與內部機械相連，每個龍頭銜一銅球，某一方向地震，這一方向的銅球就下落到下面的銅蟾蜍嘴中。此後，京都地區的幾次地震，都被地動儀準確地測到了。其精確性幾乎到了令人嘆為觀止的程度。永和三年（一三八年）二月的一天，地動儀西北方向的龍頭吐出一個銅球，而人們卻沒有一點兒感覺。於是有人懷疑地動儀不準，只能測出京都地區的地震。誰知過了三四天，陝西、甘肅的使者前來報告，他們那裡發生了大地震。從此，我國開始了用儀器遠距離觀察和記錄地震的歷史。地動儀的發明，不僅奠定了張衡在科學史上的地位，也開始了人類向最難以征服的自然災害——地震進軍的腳步。此外，他還著有解釋天體起源及變化的《靈憲》、數學專著《算罔論》等。

由於張衡在科學上的成就極大，因此他的文學成就往往被他的科學成就所掩蓋。實際上，張衡在文學上的成就也是很了不起的。他的文學才華主要表現在賦和詩兩方面。其賦今存〈思玄賦〉、〈應間〉、〈二京賦〉、〈歸田賦〉、〈南都賦〉及〈髑髏賦〉、〈塚賦〉的全文，另有〈溫泉賦〉、〈定情賦〉、〈舞賦〉、〈羽獵賦〉、〈扇賦〉、〈七辯〉等殘文和〈鴻賦〉的序。其中，〈二京賦〉和〈歸田賦〉是他的代表作。

〈二京賦〉由寫西京長安的〈西京賦〉和寫東都洛陽的〈東京賦〉姊妹篇而構成，是張衡花費了十多年時間精心撰成的長篇佳作。雖然它在寫法上模擬班固的〈兩都賦〉，但對西漢末年統治者腐朽生活的揭露比班固的作品更為具體、更為激切，是針對當時的現實而發的。更為重要的是，它對兩京的文物制度的描述也比較詳備，如西京的「百戲」、東京的「大儺」等。張衡在賦上的另一個貢獻，是開了東漢抒情小賦的先河。〈歸田賦〉是這方面的傑出代表。此賦在思想傾向上並無特別深刻之處，不過是有感於世路艱難，欲遠避榮辱，隱居著書而已。但它有三個方面值得一提：首先，它是我國文學史上第一篇完整的以描述田園隱居的樂趣為主題的作品；其次，它是現存的第一篇比較成熟的駢賦；最後，它是現存東漢第一篇完整的抒情小賦。這些都對以後的詩賦創作產生了重要的影響。

另外，張衡的〈四愁詩〉也是一篇著名的抒情之作，對後世七言詩的發展有著非常積極的意義。崔瑗稱其「數術窮天地，製作侔造化，瑰詞麗說，高才偉藝，磊落煥炳，與神合契」（〈河間相張平子碑〉），對張衡作了全面、高度的評價。

放達任性的文學家馬融

我國古代的文人，由於性情所至，經常會做出一些在當時較為驚世駭俗的事情來，以此表現他們不拘禮法、放達率直的才情。這些軼聞趣事，和他們的作品一樣，有的至今仍為人們所津津樂道。東漢馬融，便是這樣一位放達任性的賦家。

馬融（公元七九－一六六年），字季長，扶風茂陵（今陝西興平東北）人，是東漢著名的經學家和文學家。他曾師從著名儒學之士摯恂。摯恂博通經史典籍，卻隱居於南山教授儒術，不肯接受官府的徵召。他很賞識馬融的聰明才智，就將自己的女兒嫁給他。

馬融為人率直任性，我行我素。永初二年（一〇八年），大將軍鄧騭仰慕馬融的名聲，想徵召他去做舍人，此時馬融卻清高得很，不肯去仰人鼻息作寄人籬下的門客，而客居於涼州武都、漢陽等地。然而不久，羌人作亂，邊境局勢紛擾，糧食價格飛漲，許多人都被餓

死。馬融也陷入了飢困交加的窘境，他開始悔恨不已，對他的朋友們自嘲說：「古人（莊子）有言：『左手據天下之圖，右手刎其喉，愚夫不為。』也就是說，不能因為保持名聲而戕害了生命。為什麼這樣說呢？因為生命是最寶貴的，而現在我如果僅僅為了維護一個清高的名聲而丟了性命，恐怕與老莊的養生之道相違背吧？」於是馬融也顧不得臉面，匆匆忙忙地跑去給鄧騭當了門客。

後來，鄧太后臨朝，鄧騭兄弟輔政。按說馬融也應該跟著「一榮俱榮」，但他卻敢冒天下之大不韙，公開反對荒廢武功的做法，並寫了一篇〈廣成頌〉來諷諫此事，違忤了鄧氏，滯留東觀十年而沒有調遷。後來他哥哥的孩子死了，他便藉故自動離職回了老家。這下更加惹火了鄧太后，認為他公然藐視朝廷，就下令將他免職，永不敘用。

直到鄧太后去世以後，安帝劉祜親政，才又把他召回郎署，繼續從事經史典籍研究。安帝東巡泰山，馬融寫了一篇〈東巡頌〉，來記載當時的盛況。安帝看了以後，非常賞識他的才華，就擢升他為郎中。

順帝劉保陽嘉二年（一三三年），朝廷下詔納士，馬融經城門校尉岑起舉薦，並得到大將軍梁商的同意，由從事中郎轉為武都太守。當時，西羌族又一次反叛漢朝，朝廷派出征西將軍馬賢和護羌校尉胡疇率兵征討，但歷時很長的征討，卻沒有取得多少進展。此時，不

甘寂寞的馬融預感到，漢軍可能要敗北，就上奏疏自薦。他說：現在羌族的各個部落，到處侵擾，應趁他們尚未聯合在一起之前，反複不斷地派人深入敵後，破壞、瓦解和消滅各種力量。而現在馬賢等人卻步步為營，不敢主動出擊，只是被動回避，怎麼能不使羌兵得寸進尺，成為騷擾邊境百姓的大害呢？我希望給我五千馬賢不能用的關東兵，取消他們原來的番號，由我身先士卒地率領他們戮力殺敵，保證在一個月內，攻破羌兵。我也知道我從小就學習經書，不懂領兵打仗，現在輕出此言，也許會受到嘲笑。但是，以前毛遂自薦時，也只不過是一個下人，也同樣遭人嗤笑，最後卻獲得成功。

可惜的是，他的這一番慷慨陳詞和對時勢的透徹分析，卻仍被視為書生之言，沒有引起朝廷的重視。

能夠說明馬融沒有堅持操守的，還有一件小事：他在得勢時，曾經一度巴結依附大將軍梁冀，替梁冀起草過彈劾迫害忠良之臣李固的奏章，還寫過〈梁將軍西第賦〉，極盡阿諛逢迎之能事，他也因此遭到正直之士的譏議。後來，由於偶然的事件，他又得罪於梁冀，被梁冀妄加貪汙的惡名，免官流放到朔方。馬融氣不過，想要通過自殺來抗議，幸而被救活，直到受大赦才得以生還，重回東觀著述。

另外，馬融在生活中也不拘禮法，放達任性。由於他才高學深，名氣頗重，因此慕名向他求學的弟子常常有幾千人，像涿郡的盧植、北海的鄭玄，都是他的學生。但他的放達任性，也是出了名的，常令時人咋舌。他從不拘泥於儒家的禮儀常規，日常居室、服飾、器皿，都非常奢侈豪華。更有甚者，當他講書授課之際，竟然常常高坐廳堂之上，用一領紗帳相隔，「前授生徒，後列女樂」，一面高誦「子曰詩云」，灌輸儒家正統思想，一面吹吹打打，盡享世俗歡樂。而他傳授弟子，並不是一一耳提面命，而是讓弟子們互相傳授，只有極少數人才能夠進入他的居室，親自聽他授課。

他曾經想把《左氏春秋》作一次訓詁，但當他仔細研究了賈逵和鄭眾的注解後，就說：「賈逵精而不博，鄭眾博而不精；把他們兩家的註解合在一起，不就又精又博了嗎？這樣一來，我還有什麼可以補充的呢？」後來他只著作了《三傳異同說》，而沒有逐一註解。

馬融放達任性的趣聞軼事被人們津津樂道，而他作為賦家留下的賦作，也同樣不容忽視。馬融的賦今存有〈廣成頌〉、〈長笛賦〉、〈圍棋賦〉以及〈樗蒲賦〉、〈琴賦〉的殘篇。其中，前兩篇較有代表性。

〈廣成頌〉如前所述，是為了諷諫鄧氏而寫的，其意在勸天子行田獵之事，寓武備於娛樂，倡導尚武之風。這和專寫帝王田獵之盛的賦有所不同。當然，馬融也因在賦中婉轉批評了鄧騭等人忽視武備的錯誤，並諷刺他們禁錮和虐待安帝，終致獲罪於鄧氏，十餘年未得升

遷。

〈長笛賦〉是馬融追慕著名賦家王褒〈洞簫賦〉而作，是一篇詠物賦。此賦雖在語言上力脫前人窠臼，富於變化，託物抒情也寫得細緻融洽，但通篇終嫌拖沓，浮辭甚多，沒有什麼特出的風格。

馬融為人生性放達，不類其他賦家汲汲於功名和業績，顯示了文人瀟灑豁達的性情，在漢代賦家中也別有風采。

連刺客都不忍殺害的「孝廉」

崔琦，字子瑋，涿郡安平（今屬河北）人，與崔瑗是同一宗族。崔琦從少年時便開始在京城洛陽遊學，因為他博古通今，文章寫得揮灑自如，漸漸有了名氣。後舉孝廉為郎（郎，是帝王侍從官的通稱，東漢專指在管理政務的中樞尚書台裡任職的下級官員）。推舉孝廉始於漢武帝，武帝時要求各郡和各諸侯王國定期向朝廷推舉孝、廉，每次各一人。所謂「孝」，是指以孝敬父母著稱者，而「廉」，是指有廉潔聲望的人。後來這種選用人才的方式逐漸被有權勢的世家大族控制，舉孝廉也就逐漸成了一個空幌子。

不過，崔琦本人是很有學問的。他做官後，連當時任河南尹的梁冀都很看重他的名聲，願與他交往。梁冀的兩個妹妹分別是順帝和桓帝的皇后，順帝永和六年（一四一年），梁冀的父親梁商病逝，他接替父職任大將軍，與其妹梁太后先後立衝、質、桓三帝，權傾天下，

專斷朝政近二十年。梁冀的生活極度奢靡，又賣官鬻爵，貪汙索賄，使朝政、吏制腐敗不堪；他聚斂財富，搜刮民脂民膏的手段惡毒殘酷，使廣大人民不堪其苦；且多行不法之事，肆無忌憚，連皇帝都不放在眼裡。後來桓帝借助宦官誅滅了梁氏。梁冀死後，在他家查抄出的財產賣錢竟達三十億之多，充公後，當年減天下租稅一半，朝廷之用尚有富餘。

崔琦在與梁冀交往的過程中，親眼目睹了梁冀這個人的所作所為，看出如果長此下去，將來一定會敗亡。於是在平時的言談中，崔琦總是尋機勸諫梁冀，要他注意內修德操，外斂聲威，不要驕橫無度，貪財好貨。還在梁冀做河南尹時，崔琦就作了一篇〈外戚箴〉，對他勸諫。

崔琦正直敢言，不畏權勢，然而他低估了梁冀的陰險和狠毒，最終被梁冀幽禁了數月，後來又被免去官職，遣送回鄉。

此事過去一段時間後，梁冀做了大將軍。朝廷又任命崔琦為臨濟（治所在今山東高青縣東南）長。崔琦深知梁冀的為人，認為肯定是梁冀對前事懷恨在心，不會善罷甘休。於是沒敢接受官職，把使者送來的官印放好後，和家人一起逃走了。

崔琦一家在一個小鄉村隱居下來後，親自從事農業勞動，耕作之餘，繼續讀書鑽研學問。他知道梁冀的敗亡是早晚的事情，他要在這裡冷眼旁觀，看梁冀最終會有什麼結局。

此時升任大將軍的梁冀更是有恃無恐，彷彿天下都在他的掌握之中。他心胸狹窄，怎麼會放過從前冒犯過他的人呢？梁冀派了名刺客，命他察訪崔琦的下落並殺掉他。刺客很快就找到了崔琦，當時崔琦正在田裡勞作，鋤完草後，崔琦從懷中拿出一卷書，一邊坐在田埂上休息，一邊持卷誦讀。這場景深深地感動了隱藏在樹叢中伺機下手的那名刺客，他見崔琦身處如此困境仍然好學不輟，其志令人佩服，所以不忍加害，便從樹叢中走出來拜見崔琦，並把梁冀派他來行刺的事據實相告，並說：「我看到了今天的一切，覺得您是位賢德的君子，下不了手。您趕快收拾一下逃走吧，我也就此隱姓埋名，不能再回去了。」崔琦深受感動，謝過這位俠義的刺客，趕快奔回家中，簡單收拾了一下行裝，便和妻兒又踏上了流亡之路。

然而，梁冀的勢力遍佈天下，怎麼能逃得脫呢？最終，崔琦還是被梁冀的人捕獲，秘密殺害了。

崔琦留下的作品不多，大部分是賦、頌、銘、誄、箴、論等，共有十五篇。但他生不逢時，遇上權奸當道的時代，像他這樣的正直文人便只能直言取禍了。

朱穆與劉宗伯絕交

朱穆（一〇〇—一六三年），字公叔，南陽（今屬河南）宛人。年僅五歲時，就有了孝敬父母的名聲。他的父母生病的時候，朱穆因憂慮父母病情而不思茶飯，一直守護在父母身邊，等到父母病情有所好轉時，他才恢復正常的飲食。

朱穆上學後，在學習上專心致志，因為全神貫注地思考問題，常常遺失帽子、衣服之類的東西。有時，連走路都在背誦書中的篇章，以至顧不上看路，常被坑坑窪窪絆倒。這種勤學不輟的精神，一直堅持到終老，在他五十歲時，還拜隱居於武當山的趙康叔為師，以弟子之禮對待趙康叔，態度極為謙恭。趙康叔死後，朱穆又為他料理了後事。他的父親朱頡對幼年朱穆這種專注於學問的態度很滿意，但同時又擔心他這樣癡迷，會變成書呆子，不懂人情世故。

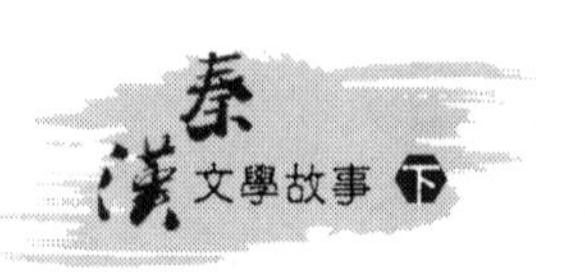

朱頡的擔心是沒必要的，長大後的朱穆不但學識淵博，而且為人也極有主見，他處世嚴謹，並且善於待人接物，尤其是堅決不同品行不良的人進行交往。

由於他家世代為官，親朋中做官的人很多，這些人見朱穆品學皆優，都來引薦朱穆。所以朱穆二十歲時便由縣令升任督郵。督郵是漢代郡的重要官吏，代表太守督察縣鄉，宣達命令，還兼有辦理訴訟案件、逮捕罪犯等司法權力。

一次，朱穆前去迎接新到任的郡太守，太守見迎接自己的這名督郵這麼年輕，感到很意外，於是就問朱穆：「你年紀輕輕就做了督郵，是因為你家族中有做官的，你沾了光，還是你真有才學？」朱穆不亢不卑地回答說：「全郡的父老盼望太守，如同盼望孔聖人一樣，都說不是顏回那麼賢能的人，怎麼能去迎接孔子一樣的太守您呢？於是就讓我來了。」新到的太守聽後，覺得這個年輕人非同小可，於是又問起郡裡的風俗人情，朱穆都一一應對如流，語言清楚得體，恰到好處。太守見年輕的朱穆果然才學非凡，便感嘆說：「我是絕不敢自比孔子的，但你這個督郵卻完全如顏回一樣賢能！」自此後，太守放心重用朱穆，後來將他舉為孝廉，到中央尚書台任職去了。

順帝末年，長江、淮河之間的百姓爆發騷亂，朝廷官員長期無法平息，有人向當時剛任大將軍的梁冀舉薦朱穆前去平定。梁冀也素聞朱穆的名聲，就徵召他做了自己的軍事參謀。

朱穆起初對大將軍梁冀還寄有厚望，他上書給梁冀，勸他多聽忠言，任用正直賢良之人，遠離奸邪之徒，誅殺那些百姓痛恨已久的奸佞小人。並引用《易經》中「龍戰於野，其道窮也」的話，解釋當時朝政出現了混亂，主要是因為小人當權，忠直之士不被任用。梁冀剛剛看完朱穆的上書，有人就來報告說在沛郡（治所在今安徽濉溪西北）有兩條黃龍出現。梁冀不學無術，對經學占卜這些事情一竅不通，以為正應驗了朱穆「龍戰於野」的說法，心裡很害怕，就聽取了朱穆的一部分建議，提升了幾名朱穆推薦的官員。

朱穆有感於當時社會風氣日趨奢靡，淳樸敦厚的風尚日漸衰微，就作了〈崇厚論〉，指出「率性而行謂之道，得於天性謂之德」。推崇率真本性，批判禮法的虛偽，他說：「道德以仁義為縛，淳樸以禮法為賊。」就是說仁義束縛了表現真實個性的自由，虛假的客套更使樸實無華的真情蕩然無存。社會上的人們都在追名逐利，以勢利眼看人，到處充滿虛偽和冷漠，沒有半點真情和愛心，導致「虛華盛而忠信縛，刻薄稠而純篤稀」的世風。這篇文章語言酣暢淋漓，舉例用典信手拈來，主題切中時弊，行文氣勢如虹，批駁時弊一針見血，讀起來鏗鏘有力，發人深省。

朱穆有個朋友叫劉宗伯，是個十足的勢利小人。得志前裝得滿像個謙謙君子，得志後便目空一切。朱穆從前做豐縣（今江蘇徐州西北）縣令時，劉宗伯的母親剛去世，在守孝期間，劉宗伯脫去孝服，去拜見朱穆。朱穆做侍書御史時，劉宗伯也親自去看望他。後來劉宗伯升了大官，年俸到了二千石，職位超過了朱穆後，便派一名小吏代替他去看朱穆，朱穆生氣地說：「我又不是你的屬民，你沒有必要通過這種方式來顯示你的尊貴！」

從與劉宗伯的前後交往中，朱穆更感世風日薄，人們交往的原則日益趨向相互利用，不能以信義為本。於是寫了一篇〈絕交論〉，指出交友應坦誠相待，互無私心，彼此尊重。而時下的人們總是想結交有權有勢的人，為了取得這些人的歡心，常常不顧廉恥，表面上講義氣，其實背地裡是違背公平之心而成全其私欲。〈絕交論〉揭露了世間人情淡薄、世態炎涼的本質。

梁冀依仗為順帝、桓帝皇后的兩個妹妹，越來越專權，也越來越專橫，朱穆對他非常看不慣，便又上書勸諫，指出梁冀貪財好貨，揮霍無度，使朝廷的費用十倍於從前，為此加重了賦稅，過分盤剝人民，任用貪官汙吏，支持家奴為非作歹，這是在和天下所有的人結怨，終將觸怒人民。朱穆勸梁冀停止收受各地的進貢和饋贈，不要再修建豪華的宅地和園林。朱穆的這次上書言辭非常激烈，然而梁冀並沒有聽從他的勸諫。

梁冀專權自恣，任用貪官汙吏，多方搜刮民財，天下百姓苦不堪言，各地的反抗暴動時有發生。這一年，冀州發生了大規模的反抗運動，於是梁冀便派朱穆到冀州去任刺史。朱穆

到任後，冀州各郡縣的官員害怕被朱穆查處其貪贓枉法的罪行，有四十多人離官而去。

朱穆後來又被調到中央任尚書，由於他歷來痛恨宦官，早想剪除這些人，就上書給皇帝，指出宦官本是宮中的侍者，不應干涉朝政，而現在卻把持著國家政務。他們本身並無才德，只靠諂媚討好君主，從而獲得信任，接著就胡作非為，連他們舉薦的官員也都是些貪贓枉法、魚肉百姓的奸邪之徒。宦官為害不淺，應該及早剷除。但皇帝沒有聽從他的建議。朱穆毫不灰心，有一次在朝堂上，他當面向皇帝提議懲治宦官，整頓朝政。皇帝見朱穆總是把矛頭對準自己身邊親近的宦官，很生氣，理都不理他，起身退朝了。他跪在那裡不起來，直到大臣們都散去。朱穆打擊宦官的願望最終沒能實現，反而惹怒了宦官，他們便在皇帝面前多次詆毀他。朱穆生性剛直，不願見風使舵，所以心情很鬱悶，不久就病逝了，死時六十四歲，家無餘財。他留下的作品大約有二十篇，包括論、策、奏、教、書、嘲、記等多種體裁。

漢代賦家怪傑王延壽

王延壽（約一二四—約一四八年）字文考，一字子山，南郡宜城（今屬湖北）人，是《楚辭章句》的作者王逸之子。他博學多才，可惜二十多歲就死去了，是我國歷史上為數不多的早熟而又早夭的作家之一。他的作品現存不多，雖僅有〈魯靈光殿賦〉及〈夢賦〉和〈王孫賦〉的殘篇，但因為奇詭怪誕，故而獨樹一幟。

王延壽少年聰慧，頗有文才。根據《後漢書・王逸傳》記載，王延壽少年時遊魯國，曾作〈魯靈光殿賦〉，作為其代表作品，這是漢代散體賦中很有特色的一篇，也可以說是漢代最後一篇有名的大賦。其取材立意雖然也屬狀宮殿、頌漢室，沒有什麼新意，但在具體描寫上卻生動形象，具有很高的藝術價值。相傳當時著名學者、辭賦家蔡邕也曾想寫關於靈光殿的賦，但當他看到王延壽這篇〈魯靈光殿賦〉後，為其新奇的想象力和宏偉的氣勢所折服，

於是輟筆不作，可見這篇賦確有過人之處，以至於劉勰在《文心雕龍》中也稱其「善圖物寫貌」、「含飛動之勢」，一語中的，指出了這篇賦的特色。

王延壽被人們稱為「賦家怪傑」，「怪」和「奇」是其創作的主要特色。他往往通過怪異巧妍的構思和新奇的想象來進行創作，為嚴謹、華麗的漢賦注入了一股新的活力，形成了自己獨特的風格。他的〈魯靈光殿賦〉不像〈上林賦〉、〈甘泉賦〉等篇那樣對宮室建築全貌加以描狀，與一般的寫羽獵、宮苑、祭祀的大賦也有所不同，它構思新奇，只對一個具體的靈光殿進行了由遠而近，由外而內，從總貌寫到牆、闕、門、階，然後分敘廳堂的寬大宏偉，廂廊的幽邃深秘，棟宇的奇異壯麗，雕刻的生動傳神，圖畫的精美逼真，從而把靈光殿窮奇極妍、巧奪天工的建築藝術一覽無餘地展現出來，讓人看後有身臨其境之感。景物描寫也是生動傳神，活靈活現，無時無刻不體現著「怪」、「奇」兩字，如其描摹建築上的木雕造型：

飛禽走獸，因木生姿：奔虎攫挐以梁倚，仡奮舋而軒鬐；虬龍騰驤以蜿蟺，頷若動而躨跜；朱鳥舒翼以峙衡，騰蛇蟉虬而繞榱；白鹿孑蜺於欂櫨，蟠螭宛轉而承楣……神仙岳岳於棟間，玉女窺窗而下視；忽瞟眇以響像，若鬼神之彷彿。

〈魯靈光殿賦〉全篇脈絡清晰，層次分明，全賦大體可分為五部分。第一部分主要講靈光殿建築的歷史，並由靈光殿的巋然獨存，引出對大漢社稷的頌揚；第二部分主要介紹靈光殿外部情況，作者發揮巧妙的構思和奇特的想象，由遠及近，由外到內，描繪了靈光殿的嵯峨高峻和威武神靈，給人以一種神聖不可侵犯之感；第三部分著重介紹靈光殿的內部裝飾；第四部分介紹內部結構和殿內的雕刻和圖畫，殿內所刻飛禽走獸神態各異，奔虎、虯龍、朱鳥、飛蛇、白鹿、蟠螭、狡兔、黑熊，或曲屈盤旋，或搖擺扭曲，或展翅欲飛，或盤曲繞木，或攀椽相追，刻畫得生動形象，可以看出王延壽怪異的想象和恰當的誇張；第五部分歸結到讚頌大漢，讚頌君主。這種層次鮮明的結構安排，體現出作者獨具匠心的構思和追求完整性的藝術思想。

〈魯靈光殿賦〉不僅顯示了漢代建築繪畫的藝術風貌，而且表現出作者追奇求新，相當活潑的想象力。作者在文中運用了多種表現手法，一方面，作者將誇張、白描、比擬和比喻有機地融合在一起。比如，他形容靈光殿的高峻，先以白描手法直接刻畫，說靈光殿嵯峨高峻，令人畏懼。隨後加以比擬，狀貌如雄偉的積石，又像帝王宮殿那樣威武神靈，繼而加上誇張，屹立如高聳的山峰而又幽深彎曲，這樣一來，靈光殿的高大峻極就充分展現出來，給讀者留下清晰、生動的印象；另一方面，作者在賦中將誇張運用得恰到好處，形容靈光殿像帝宮一樣威武神靈，雖然人們並未見過天上的宮殿，但人們知道地上君主的宮室，天上的宮殿不過是地上君主宮室的映像。因此，這種誇張，不但不使讀者迷惑，而且使人更清楚地認識了靈光殿的雄偉高大。誇張作為一種藝術手法，在文學作品中經常運用，在漢賦作品中更是必不可少，因此誇張也是漢賦的藝術特點之一。王延壽的〈魯靈光殿賦〉誇張雖使用不多，但如此恰到好處，確實不可多得。更重要的是，被稱做「賦家怪傑」的王延壽，雖然沒有跳出對大漢王朝、對君王的歌功頌德，但其橫溢的才華、奇特大膽的想象、恰如其分的誇張，都能體現出這位早熟作家的與眾不同，這也是他「怪」的一種表現。

王延壽與張衡、馬融都是同時代的漢賦大家，張衡的〈二京賦〉、馬融的〈長笛賦〉和王延壽的〈魯靈光殿賦〉都是東漢中期著名的傳統大賦，都有很高的藝術價值。同張衡和馬融相比，王延壽作品思想的深刻程度、內容的含量等方面都有差距，但其作品的險怪、好奇、求新的特點卻是別人無法比擬的，在東漢乃至整個中國文學史上都有其獨特的地位。

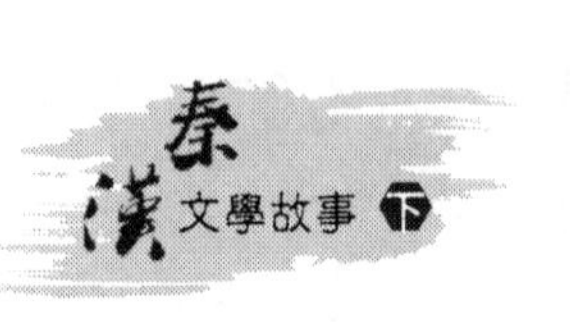

劉梁辨學：用善行感化民眾

劉梁，字曼山，又名劉岑，東平寧陽（今山東泰安市西，大汶河南岸）人。他是皇族後裔，但到他父親一輩，家道已經中落了。劉梁的父母都死得很早，留下劉梁一個小孩子，只能靠變賣家中的藏書來維持生計。就這樣劉梁一邊讀書一邊賣書，貧困的生活並沒有使他沉淪，反而更加磨礪了他，再加上書籍的薰陶，使劉梁從小就性格堅強，心地正直善良。

長大成人後，劉梁非常關心社會上的事情，他曾寫了一篇〈破群論〉，批評當時社會上結黨營私、彼此關照、互相利用的交遊風氣。人們讀了他的這篇文章後，都深有感觸，認為孔子作《春秋》使那些亂臣賊子懼怕不已，而劉梁的〈破群論〉，則會使那些到處拍馬逢迎、拉關係、結群黨、謀私利的庸俗之輩羞愧難當，無地自容。可惜這篇文章後來散佚，我們現在讀不到了。

劉梁還寫過一篇〈辯和同論〉的文章。孔子說：「君子和而不同，小人同而不和。」（《論語・子路》）意思是說君子交友都出於公心，相互交往以道義為標準，不會曲意迎合；而小人則是出於私欲，與人交往都是徇私情，朋黨之間相互苟合，不能堅守道義。依據儒家君子相交的原則，針對當時的社會風氣，劉梁在〈辯和同論〉中進一步指出：君子交友處世的原則是「和」，只要有利於他人、有利於社會的事情就做，反之則堅決不做。君子應嫉惡如仇，對別人的缺點和錯誤不姑息遷就，而是負責任地指出來；小人處世的原則是「同」，即只要遇到對自己有利的事就去做，交友也是趨炎附勢，只結交那些能提攜自己的人，而且往往隨意屈從有權勢的人的意志，迎合這些人的想法，不能直言相諫。他用了個形象的比喻，說「和」有如調味品，雖然有酸甜苦辣，但能把水調成味道鮮美的湯；而「同」則像水，把水加到水裡，還是水，索然無味。所以與君子交往可以提高自己，和小人交往不但無益，有時還有害。劉梁在文章中還引經據典，舉了不少例子，論證做人要客觀公正，依理而行；不要心存私慮，搞陰謀詭計，耍小聰明。

劉梁有才學，人品又很好，再加上是皇族，所以很快就被徵召做了官。漢桓帝時，劉梁出任北新城（今河北涿縣境內）長。北新城是個很小的縣，只有幾千戶編民。按當時的官制，轄區人口一萬戶以上的縣，長官稱為「令」，不足一萬戶的縣，長官稱做「長」。

北新城不僅小，而且還處在漢朝北部的邊地。劉梁到這個又小又偏遠的小縣上任後，注意到這裡能讀書識字的人很少，幾乎沒有人從事教學活動，百姓不知禮義，缺乏教化，於是劉梁下決心要改變這種落後面貌。他想到從前在邊遠的蜀郡做太守的文翁，有感於當地教育落後，曾在那裡興辦學校，教導百姓。後來，那裡的人們文化素質大大提高，文化繁榮發達的水平幾乎趕上了禮樂之邦的齊魯地區。文翁因此受到了當地人民的極度推崇。劉梁決心以文翁為榜樣，以極大的熱情投入到了興辦教育的事業當中，他堅信，只要辦教育，就會使落後的地方發生神奇的改變。

除了仿效文翁外，他還常以庚桑楚自比。庚桑是道家學派的繼承者，楚國人，和老子同鄉。據說他得到過老子的真傳，非常有智慧。庚桑楚得道後就到了楚國北部的畏壘山，他在那裡住了三年，就使那裡形成了濃厚的文化氣氛，人民變得淳樸敦厚。外地的人都覺得很奇怪，而當地的人則說：「庚桑先生初來時，對他的言行，大家都看不慣，認為他很怪異，與我們原有的風俗習慣格格不入。然而日子久了，就潛移默化，不知不覺接受了他的影響。現在我們居然每天都在考慮，和庚桑先生比起來，自己還有哪些不足，還需要做哪些改進，每過一年，我們都會覺得自己的學識、修養又提高了一大截。」劉梁覺得自己也應像庚桑楚那樣，用自己的言行來感化民眾！

劉梁辦學的熱情並沒有因北新城是個小地方而有絲毫減弱，正如他在〈辯和同論〉中表達的思想一樣，只要依道義行動，對社會有益，在哪裡都可以做出有意義的事情來。他說：「吾雖小宰，猶有社稷。」意思是說我雖然是一個小縣的縣官，但對國家同樣負有重大的責任，絲毫不能懈怠，他要為官一任，造福一方。於是在北新城親自選擇校址，建造校舍。校舍造好後，渴望求知的學生從十里八鄉雲集而來，最後竟招納了數百名學生。一個僅有幾千戶人口的小縣，在當時有這樣的辦學規模，確實難能可貴。

學校成立後，劉梁就利用公務之餘，親自到講堂去傳授知識，講解儒家經學，對教育事業傾注了全部心血。他督察學生非常嚴格，每到學期末，總是親自來組織考試，檢查學生的成績。劉梁的言行也感動了這些求學的學生，他們學習非常勤奮，進步極快。這些學生受劉梁的感染，學成回去後也都擔負起傳播文化知識的任務。沒過幾年，北新城這個小縣便形成了濃厚的文化氣氛，不但識文斷句的人多了，而且大家講究禮儀，孝敬父母，言行舉止也都變得文明起來。

劉梁辦學的功績，不但被當時的人們稱頌，後世的人們對他的恩德也念念不忘，認為他興辦學校，教化民眾，使北新城人的後代都受益無窮。

劉梁因辦學而聞名，被徵召到中央機關，任尚書郎，他還在中央任過一些別的官職。後又被派往野王縣（今河南沁陽）任縣令。劉梁看到官場風氣汙濁，群姦當道，就沒去上任，而是回家鄉過起了簡樸、充實的耕讀生活。靈帝光和年間（一七八－一八三年），劉梁病逝。他的孫子劉楨是大名鼎鼎的「建安七子」之一。

劉梁一生沒做過什麼高官，雖是皇族，也不顯貴，但他興辦學校，教化民眾的行為非常值得推崇；他主張為人要嚴正，光明磊落，令人折服。在他面前，那些尸位素餐、庸碌無為的達官顯貴們顯得黯然失色。

〈徐偃王志〉：為忠義君王立碑

〈徐偃王志〉是漢代的一篇志怪小說，原書已經佚失，佚文僅見於《博物志》卷七。「志怪」者，顧名思義，「志」就是記，「怪」就是奇奇怪怪的事情。非常之人，非常之物，非常之事，都是志怪小說反映的對象。〈徐偃王志〉的主人公徐偃王，就是一位不同尋常的君王，他出生怪異、相貌奇特、膽識過人，極富傳奇色彩。

徐偃王的傳說，來源於西周時東方的徐國，它古屬東夷，位於今天的淮河流域下游一帶。傳說，當時徐國國君的一位妃子，懷胎十月，一朝分娩，卻產下了一枚如鳥卵模樣怪異形狀的東西。她以為是不祥之物，就偷偷地把它扔到河邊。河邊住著一戶名叫獨孤母的人家，家中豢養著一隻名叫鵠蒼的獵狗。那日，鵠蒼正獨自在河邊獵食，忽然發現了這隻怪卵，就把它小心翼翼地啣回了家中。獨孤母見後，又是奇怪又是憐惜，於是便取來茅草等物覆蓋它，使它獲得溫暖。誰料沒過幾日，一個男孩子竟被「孵化」出世了。他就是後來徐國的國君——徐偃王。徐偃王出生時，神態恬靜而安詳，四肢朝天，平躺著身子，因而取名為偃，「偃」就是仰臥的意思。

徐偃王的身世可謂是十分神奇。古代先民，由於生產力的原始和落後，無法對自然界和人世間的種種神秘現象作出科學的解釋，於是，創造了神話解釋它。先民們認為，帝王將相和古英雄與神冥冥之中一定是精神相通的，他們或是神靈附體，或是在神的幫助下降臨，總之絕不同於凡塵中人。於是就竭力想象並大肆渲染本民族傑出人物的出生是多麼不平凡，多麼神異！

徐偃王素以仁義聞名於世。他十分體察百姓疾苦，處處為民著想。在古代先民心目中，受人擁戴的君王，首先要勇猛威武、驍勇善戰，同時還不失一顆寬厚仁愛之心，才稱得上是真正的賢君。而徐君的仁義，正是百姓渴求和仰慕的。徐偃王治國的才能也很出眾，在他的精心治理下，徐國蒸蒸日上，物業豐饒，百姓安居樂業，國力漸漸強大起來。徐國原來屬於周王室東邊不太引人注目的無名小國，如今漸漸成為東夷各族中的頭號強國。

徐國位於淮河流域，屬於東夷族的一支，它像別的國家一樣，早就對周王室的霸道做法不滿了。只是苦於時機不成熟，只好暫時忍氣吞聲。偃王在位期間，徐國國力漸漸強大起

來，江淮地區的小諸侯國遠慕偃王仁義之名而來，甘願俯首稱臣，臣服的國家竟有三十六個。國力日長的徐國，其勢力幾乎可以與強大的周王室匹敵抗衡。

徐偃王不平凡的身世和卓越業績，恰似一個伏筆，昭示著徐偃王在未來的帝王生涯中，將有一段不平常的經歷。

一日，酷愛狩獵的偃王像往常一樣去打獵，突然一道紅光劃過天邊，從天而降一副朱紅色的弓箭。他手捧「天弓天箭」，心中異常激動，這豈不是天神顯靈嗎？天意不可違，出戰的時機到了！他以名為號，自封為徐偃王。三十六個東夷國，歡呼雀躍，紛紛趕來朝拜。

消息傳到周王耳中，寢食不安的周王即刻號令：剷除徐國，消除隱患！幾乎是迅雷不及掩耳之勢，徐國被包圍了。徐國沒有抓住作戰時機，突然被圍困意味著出戰的計劃流產了。

望著鋪天蓋地的戰車和戰馬，雄心勃勃的偃王猶豫了，是戰還是退？戰，可逞一時野心，但也會使徐國生靈塗炭。戰爭，尤其是古代的戰爭，槍對槍，矛對矛，十分殘酷，轉瞬之間可能出現「血流漂櫓，屍橫遍野」的悲慘景象。一貫體恤民情的偃王，再一次動了惻隱之心，他不忍看到昔日富足安樂的徐國變為一片荒野。他更不願豎起白旗，向對手求和。徐偃王決定撤離徐地。

這時，百姓們攜婦挈子，引車牽馬，自願追隨偃王出逃，人群浩浩蕩蕩，約有上萬人。

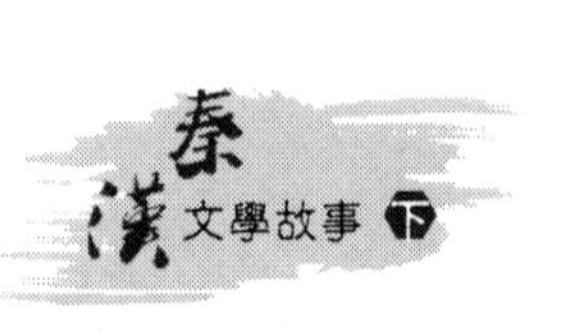

這蔚為壯觀的逃亡景象，為徐偃王的仁義之舉打上了圓滿的句號。周王的不仁不義和徐偃王的有仁有義昭然揭於世人眼前。

徐偃王逃亡的地點是彭城武原縣，在今天江蘇邳縣，後人在這裡豎起石室，命名為徐山，來紀念偃王的仁義美德。徐山也成為了一座歷史的豐碑，表達了後世人民對一代義君永遠的仰慕和懷念。

〈燕丹子〉：謳歌俠義精神

古往今來，英雄俠義故事歷來為人們所津津樂道。那些身懷絕技的武俠英雄們，或扶危濟困，或除暴安良，或古道柔情，或風流倜儻，總是能引起人們無限的崇敬和遐想。正因為如此，表現武俠英雄行俠仗義的文學作品層出不窮，它們在很大程度上滿足了人們扶正祛邪、對幸福安寧生活的追求，所以這些作品成為了中國文學寶庫中的一批珍品。追根溯源，第一部頌揚英雄俠義精神的小說作品當屬東漢年間出現的〈燕丹子〉。

〈燕丹子〉，作者不詳。它取材於民間廣泛流傳的「荊軻刺秦王」的故事。在東漢年間出現的許多雜傳雜記類作品中，〈燕丹子〉最具有小說性，它沒有像史傳那樣講述主人公由生至死的全過程，只截取了燕太子丹為報仇雪恥而傾心結納荊軻、荊軻為報知己而赴秦廷行刺的故事片斷，有力地突出了荊軻以弱抗暴、慷慨赴死的英雄氣概和悲劇精神。

戰國末年，強秦鯨吞天下之勢日益明朗，弱小的燕國不得不把太子丹送到秦國做人質，以求得暫時的安寧。狂傲的秦王對丹極其無禮，而且故意刁難太子丹不讓太子歸國，秦王說，只有天上掉下了糧食而不是雨，馬長出犄角，才放他回去。太子丹滿懷悲憤仰天長嘆，一腔衷情感天動地，天上真的下了「糧食雨」，馬真的長出了犄角，秦王只好履行諾言放走了太子丹。〈燕丹子〉的故事就這樣奇麗地展開了，它從一開始就奠定了慷慨悲壯的感情基調。

太子丹回到燕國後，把自己所受到的冷遇當做奇恥大辱。他決心招納天下的英雄、勇士，尋機刺殺秦王，這樣既可報自己受辱之恨，又可拯救燕國不至於滅亡。他的老師曲武為此向他推薦了謀士田光。太子丹熱切地希望遠道而來的田光為自己排憂解難，然而深沉睿智的田光經過三個月的觀察、思考後，認為太子丹手下的門客夏扶、宋意、武陽等人都不可用，他鄭重地向太子丹推薦了俠士荊軻。田光說：「荊軻是個神勇的人，發怒時神色不變。為人博聞強記，體強骨壯，不拘小節，常欲建立大功。太子想要成事，非此人不可。」〈燕丹子〉的主人公於此時正式出場，經過了多方襯托、多層鋪墊，對於突出主人公人物形象、深化作品主題起到了很好的作用，這恰是小說創作中典型的塑造人物的方法，顯示出〈燕丹子〉在構思方面的匠心獨運。田光受太子丹的委託去延請荊軻，在向他轉達了燕太子的傾慕

之意後，田光便自殺了，因為太子丹囑他不可洩露國家大事，田光認為太子丹對他有疑，深以為羞，於是選擇自殺以明志。老邁剛烈的田光之死為〈燕丹子〉又增添了一抹壯烈的色彩。

荊軻來到燕國，太子丹對他十分禮遇，親自為他駕車。荊軻坦然地接受了太子的謙讓，他已經了解太子的衷情，又看到太子丹非常禮賢下士，所以心中把他當做了知己，就不再講客套。在太子丹為荊軻舉行的酒宴上，夏扶試探地問荊軻有什麼才德能為太子出力，荊軻從容地說道：「有超凡德行的高士，不必先受鄉下人的賞識；有千里之行的駿馬，何需先靠駕車來證明？我要盡自己的才力，使燕國繼承昔日賢君召公的美德，讓太子成為三王之後的第四王、春秋五霸之後的第六霸。」荊軻的話，使滿座的人既嘆服又疑慮，而太子丹則大喜，心中暗自慶幸，以為得到了荊軻就大志可圖了。

從此以後，太子丹對荊軻更是處處關懷，時時問候。荊軻在花園中拾瓦片投蛙，太子讓他用金塊兒；荊軻說千里馬肝味道鮮美，太子就把馬殺掉送上馬肝；荊軻羨慕彈琴的美人有一雙巧手，太子竟然斷美人之手用玉盤奉上……他還經常與荊軻同桌吃飯，同床睡覺，甚至不再提起刺殺秦王之事。這一切都被荊軻記在心裡，他暗暗地在積蓄著力量，以報答燕丹子的知遇之恩。

光陰荏苒，三年過去了。這一天，荊軻莊重地同太子丹談起了自己的使命。他精闢地分析了秦強燕弱的形勢，向太子丹提出了刺殺秦王的具體方法：「樊於期將軍得罪秦國逃到了這裡，秦國追捕得很急。另外，燕國督亢之地遼闊肥沃，秦一向垂涎欲得。現在我們用樊將軍的人頭，再加上督亢地圖獻給秦王，圖中捲上匕首，秦王一定因歡喜而召見使者。到那時，我們即可行事了！」太子丹聽了荊軻的話，又欣慰又震驚，他知道這是一個好辦法，但不忍心殺害危難之時投奔自己的樊於期，此事就延緩了下來。然而誓死報效燕丹的荊軻徑直去找樊於期，他激動地對樊於期說：「將軍得罪了秦國，全家被殺。現在我欲藉將軍之頭，與燕國督亢地圖進獻於秦。趁秦王召見之時，我會左手拽住其袖，右手直刺其胸，清算他負燕國、害將軍的罪惡。這樣燕國之辱可昭雪，將軍之恨可消除了！」樊於期被荊軻的激情所感動，他心潮起伏，涕淚交流，奮然而起說道：「滅家之仇，於期日夜想報。今聞壯士所言，我的心願已足。」於是他毅然拔劍自刎，頭垂在背後，滿含熱淚的雙眼仍怒視著蒼天！聞訊而來的太子丹伏在樊於期的屍首上痛哭不已，而荊軻只是深深地跪拜下去。

秋風蕭瑟，易水騰波。身負使命的荊軻要出發了，燕丹子和幾個知情者都穿著白色衣冠為他送行。人們默默無言，幾盞淡酒飽含著說不盡的慷慨悲壯。談笑風生的荊軻為大家獻歌助興：「風蕭蕭兮易水寒，壯士一去兮不復還！」他的朋友高漸離擊筑伴奏，宋意在一旁唱

和。歌到高昂時，座中人怒髮衝冠；歌到哀婉時，人們潸然淚下。接著，荊軻與助手秦武陽登上馬車出發了，他們頭也不回。夏扶在車前刎頸以送兩位壯士，天地間激盪著一股蕩氣迴腸的俠烈豪情！〈燕丹子〉對俠義精神的讚美在此處達到了高峰。

荊軻和武陽到達秦國後，秦王果然召見了他們。二人捧著樊於期的人頭和督亢地圖登上了大殿。這時，鐘鼓齊鳴，森林般排列在殿下的群臣武士們山呼萬歲。秦武陽被這種氣勢嚇壞了，他面如死灰，兩條腿都邁不開步子了。秦王奇怪地問怎麼回事，荊軻機警地回答：「北方小國之人，沒有見過天子，望陛下原諒。」隨後，他捧著地圖上前獻上。秦王展圖觀看，圖窮匕首現。說時遲，那時快，荊軻一把抓過匕首，左手拉住秦王的衣袖，右手執刀直刺向秦王的胸前，嘴裡斥責道：「你這暴君，負燕國太久了。樊將軍無罪卻被殺了全家，今天我要為天下報仇！」這時，殿下大亂，武士們想衝上來卻有投鼠忌器之嫌，沒有秦王命令，誰敢帶武器上殿？秦王畢竟是有雄才大略的一代開國帝君，他心中驚恐，但急中生智，要求聽琴聲而死。鼓琴的樂女在琴音中告訴秦王掙斷衣袖、跳過屏風、拔劍自衛。荊軻不解琴音，秦王趁機脫身，繞柱而逃。荊軻奮力投出匕首，穿透了秦王的耳朵，刺入銅柱，濺出火星。秦王拔劍，回身砍斷了荊軻的雙手。荊軻面不改色，倚著銅柱揚聲大罵：「我失於輕信，被你這小子騙了。可嘆燕國不能報答，我荊軻不復為人！」

荊軻刺秦王的壯舉以失敗告終，雖然他沒有完成燕丹子和樊於期的重託，但是，他履行了自己的承諾，表現出大無畏的英雄氣概和捨生取義的俠義精神。從整個作品來看，〈燕丹子〉主人公的某些行為在今天看來不一定值得褒獎，比如太子丹想要阻止國家的統一，他結交荊軻的手段顯得殘忍，荊軻報答太子丹的心意有些狹隘等等。但是這部小說的主旨在於頌揚俠義精神，從這一點出發，它巧妙地安排了結構，生動地渲染了情節，鮮明地突出了人物，使作品由始至終洋溢著一股強烈的豪俠之氣，給讀者帶來了莫大的藝術感受。因此，這部小說仍然取得了成功，它當之無愧地成為後代英雄俠義小說的開山之作。

趙曄開歷史演義先聲

在世界文學寶庫中，歷史演義小說是最具有中國民族文學特色的。它們介乎史學與文學之間，用文學的手法再現歷史上的事實，這樣既能使讀者了解過去所發生的事情，又可以得到藝術美的享受。與概括史實的史籍相比，它們富於形象描述，情節生動、感人；與敷衍虛構的歷史題材小說相比，它們又表現得嚴謹、平實。這種形式的作品，是中國文化對世界文化的獨特貢獻，它典型地體現了傳統的中國文化綜合形態的內部各學科領域之間存在的兼容性。在中國小說題材的大家族中，歷史演義小說是相當重要的一支。其「始祖」可追溯到東漢年間出現的《吳越春秋》，它的作者趙曄是開歷史演義先聲的第一人。

趙曄，字長君，會稽郡山陰縣（今浙江紹興）人。大約生活於東漢明、章、和、殤、安諸帝（公元五八—一二五年）之間，家境小康，早年受過一定的教育，頗有文化修養。他秉

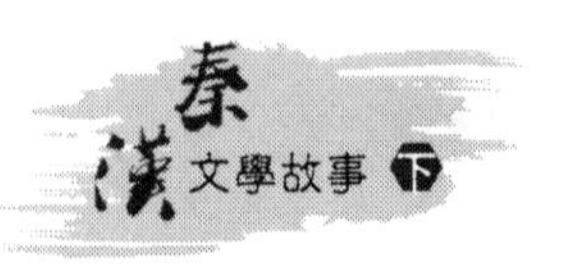

性清高，而且有些怪癖。《後漢書・儒林列傳》中記載，趙曄年輕時做過縣裡的小吏，曾被派去接待郡裡來的督郵，由於他不願意阿諛逢迎，所以乾脆棄職不幹了，跑到犍為郡資中縣（今四川資中），向當時的一位經學家杜撫學習《韓詩》。不知是因為潛心於學問還是對家人有怨，他竟然一連二十年也不捎個信回去，家裡人還以為他死了，直到杜撫死後他才回到家裡，此時他大約已到不惑之年了。州里召他出來做官，他仍然未去就職，只是接受了被推薦為有道之士的榮譽。正是由於趙曄如此不務功名務學問，才使後人有幸欣賞到了《吳越春秋》這樣揚名於文史兩界的作品。除了《吳越春秋》外，趙曄還有《詩細歷神淵》傳世，據說這部作品更受當時的學者蔡邕的賞識，認為它勝過了王充的《論衡》。不過人們還是更看重《吳越春秋》的史學與文學價值。

《吳越春秋》首先是一部史書，它比較詳細、系統地記載了春秋時期吳越兩國的歷史。全書的前半部敘述了吳國史事，後半部敘述了越國史事。吳國的歷史一直追溯到吳國的開創者太伯的祖先后稷，從后稷歷經公劉、古公、太伯、壽夢、餘昧、王僚、闔閭等君王，結束於吳王夫差；越國的歷史則從越國始祖無餘的祖先夏禹寫起，禹下六代至少康，又經無餘、元常等君，至勾踐時達到全盛，傳至越王親，為楚國所滅。這些史事，很大一部分散見於《左傳》、《國語》、《史記》等史籍，表明作者基本是以忠實歷史的態度來

記錄的，而且它所收錄的史料要比其他史書豐富得多。比如〈吳太伯傳〉中載太伯「葬於梅里平墟」，現在江蘇省無錫縣梅村鄉就留有此古蹟。再如〈王僚使公子光傳〉中記載專諸為了刺殺王僚而「從太湖學炙魚」，現在江蘇吳縣胥口鄉留有炙魚橋就是佐證。這些史事並不見於《左傳》、《史記》等史書，但現實中都有遺跡可考，說明它們絕非無稽之談，從這一點來講，《吳越春秋》可作為正史的有益補充，它的史書性質也就由此而得到了印證。

作為一部史書，《吳越春秋》載史的體例也頗有獨特之處，它融合了我國古籍中所見的國別體、編年體和紀傳體之長，獨具「三體合一」的特點。從它專記吳、越兩國史事看，它可屬國別體；從以年系事來記兩國歷史沿革看，它類似編年體；從它以人物為中心，突出人物在歷史演變中的作為看，它又表現為紀傳體。這種體例構思上的縝密性、系統性、獨創性，為豐富我國古代史學作出了很大的貢獻。從文學創作的角度來分析，這種構思方式也非常有利於作者剪裁史料，安排具有典型性的情節，塑造具有典型性格的人物，揭示歷史上的興廢存亡帶給人們的思考和啟發。

《吳越春秋》又是一部文學作品，而且它的文學成就遠遠超過了它的史學成就。從選材與構思這個角度來講，作者善於從豐富的史料和傳說中選取最富於故事性的生動情節，加以敷衍、鋪排，並輔以合理的想象、虛構，構成有頭有尾、脈絡清晰、層次分明、前後呼應的完整故事，而對史實進行適當的增飾、以完整的故事的方式來揭示某個抽象的道理，恰好是歷史演義小說特有的「專長」。如在〈王僚使公子光傳〉中，作者就用這種方式詳盡地介紹了伍子胥的身世及其活動，其中的很多內容並不見於歷史，而且它們與吳國的歷史也沒有太大的關係，從史書的角度看，這些文字就成了贅筆，然而這正是文學作品不可或缺的。其他如越女試劍、袁公變猿、公孫聖三呼三應、伍子胥興風作浪等情節，「尤近小說家言」，雖然沒有什麼史料價值，卻是地道的文學素材，這些都是《吳越春秋》的文學性超過史學性的重要因素。

《吳越春秋》的文學性還表現在作品中的人物形象大多鮮明、生動，作者趙曄善於通過人物的行動、對話、表情、心理等方面來刻畫人物的性格，或者運用對比、襯托等手法來強化人物的個性或情節內涵。比如「伍子胥亡命奔吳」故事中，主人公的出場是在楚平王誘捕的緊要關頭，作者緊緊抓住伍子胥和伍尚弟兄二人一去一留這種截然相反的想法與行為，有力地突出了伍子胥深刻的政治洞察力和「能成大事」的政治才幹。伍子胥在逃亡中決心「因於諸侯以報仇」，表現了他的成熟決斷；伍子胥歷經千辛萬苦奔往吳國，表現了他的堅忍不拔；伍子胥向公子光薦專諸以刺王僚、薦要離以刺慶忌、薦孫武以用兵，表現了他的深謀遠

慮、待機而發；伍子胥鞭戮楚平王之屍以及「倒行而逆施」的答語，又表現了他的怒火沖天、不顧一切……這些內容為讀者塑造了一個栩栩如生的古代忠勇之士的形象，使人每每不禁悚然動容、扼腕嘆息。此外，作品中的其他人物也各具風采，如德高望重的太伯、深沉穩重的闔閭、剛愎自用的夫差、清逸豪俠的漁父、樸實善良的搗絲女、形弱神強的要離、深謀遠慮的范蠡、忍辱圖強的勾踐等等，他們各以其獨特的性格魅力，共同演繹著春秋時代吳越兩國的風雲變幻，帶給後人許許多多人生的感悟和生活的慨嘆。

《吳越春秋》的作者還善於通過環境、氣氛的渲染，創造出一種情景交融的境界，給讀者帶來深刻的感染，比如在描寫越王勾踐入吳為奴時，作者勾勒出一幅「浙江之上，臨水祖道，軍陣固陵」的嚴峻肅殺的圖景，使讀者倍感淒涼悲壯；而勾踐與范蠡回歸時，則是「望見大越，山川重秀，天地再清」，明麗清朗的景色也使讀者彷彿看到了越國光明美好的未來。這種藝術手法雖然簡練，但很傳神，對於加強情節的生動性起到了很好的輔助作用。

《吳越春秋》的語言也頗可稱道，它語彙豐富，駢散相間，瀟灑簡練，頓挫悅耳，表現出作者精湛的用語技巧，對於加強作品的表現能力，同樣給後人以巨大的啟示。

由於史料的嚴謹豐滿和藝術上的誇飾精美，《吳越春秋》當之無愧地成為中國歷史演義小說的開山之作。作為先行者，它為後人留下了許多彌足珍貴的經驗，儘管個別藝術技巧顯得粗糙、不盡成熟，尚有可完善之處，但是無論如何，這部作品在我國史學界和文學界的地位是不可動搖的，它的作者趙曄開歷史演義先聲的貢獻是不可磨滅的。

民間傳說中的伍子胥

在傳統京劇舞台上，有一齣經久不衰的折子戲叫做〈文昭關〉，說的是楚國忠臣伍子胥因受迫害而逃往吳國，在經過文昭關時，得知關上張貼著捉拿他的畫像，為此他憂心如焚，一夜間竟然愁白了頭髮。誰知這樣恰好使本人與畫像大不相同了，因而得以通過關口，逃離險境。這齣戲之所以膾炙人口，既是因為演員精湛的表演和優美的唱腔，又是因為故事本身富於濃厚的傳奇色彩。伍子胥「一夜白頭」的民間傳說，表明了人們對英雄落難的深切同情。《吳越春秋》中對伍子胥奔吳故事也做了精彩的記錄，其中雖然沒有「一夜白頭」的生動情節，但也不乏令人激動、慨嘆的神來之筆。

伍子胥與其祖伍舉、父伍奢、兄伍尚本來三代為楚國忠臣，可是荒淫無德的楚平王即位後，寵信奸佞小人費無忌，下令要殺害太子建，並囚禁了太子的老師伍奢。費無忌知道伍奢的兩個兒子伍尚、伍員（子胥）都為賢能之士，尤其是伍員，勇武剛烈，不容小視，因此，他讓楚平王把二子誑來一併殺害。伍尚仁慈溫厚，明知此去凶多吉少，但不忍棄父親而獨生。他含淚囑咐伍子胥速離險境，將來為自己和父親復仇，兄弟二人就此訣別。伍尚至楚後，果然與父親一起遇害。伍子胥力勸兄長不成，只得滿懷深仇大恨，獨自開始了亡命天涯的奔逃，他決心依靠他國諸侯之力，為自己報這不共戴天之仇。

伍子胥先逃到了宋國，他是來投奔先行逃到這裡的太子建的。不料宋國大夫華氏謀殺了宋元公，國內大亂，君臣二人只好又跑到了鄭國，接著又到了晉國。晉國國君晉頃公得知鄭國人對太子建很尊重，就讓太子建充當內應，打算滅掉鄭國。太子建回到鄭國後，因為計謀敗露被鄭國所殺，伍子胥只得帶著太子建之子勝逃向了吳國。經過邊界昭關時，他被關吏認了出來。關吏想抓住他請賞，伍子胥機智地說：「主上抓我是因為我有一顆寶珠，現在我的寶珠丟了，你若抓我，我就說寶珠被你吞掉了，主上一定會剖開你的肚子取珠的，你不怕死嗎？」關吏被嚇住了，他可知道楚平王的殘暴，於是他送了個順水人情，放走了伍子胥。

伍子胥逃到長江邊上，舉目四望，水天一際，渺渺茫茫。前無去路，後有追兵。正在這危急關頭，一隻小船悄然從下游溯水而上。伍子胥喜出望外，急切地大喊：「船家快來渡我！」船上的漁父聽到了，正要傍船靠岸，忽見旁邊有人窺測，漁父機警地唱了一支歌：

「日月明亮呵漸漸地奔前，與你相約呵在蘆葦岸邊。」伍子胥心領神會，來到岸邊等候。漁父又用歌聲催促他：「太陽下山啦我的心憂傷悲哀，月亮升上來啦怎麼不上船來？事情更加緊急啦該怎麼辦？」伍子胥跳上船，早已心懷默契的漁父把他渡到了很遠的地方。

上岸以後，漁父這才仔細地觀察伍子胥，發現他面有飢色，便說：「我去給你拿些吃的來，你在這樹下等我。」漁父走後，伍子胥疲憊地打量著周圍的一切。忽然，他心中悚然一驚：這個漁父是什麼人？他是不是去找人了？於是他迅速地隱身於蘆葦叢中。過了一會兒，漁父拿著麥飯、魚羹和水走來，看到樹下已沒了人影，他微微一笑，心知伍子胥在猜疑他，於是又歌了一曲：「葦中人啊葦中人，難道你不是窮途之賢？」這樣唱了兩遍，伍子胥才從蘆葦叢中走出來。兩人沒有更多的解釋，彼此一對眼神，就已經肝膽相照了。

要分手了，伍子胥解下身上的佩劍送給漁父：「這是我先父的寶劍，上面鑄有北斗七星，價值百金，我用它來報答您。」漁父慨然說道：「我聽說楚王有令，抓住伍子胥者，賜糧五萬石，封爵位執圭，這些不止百金。寶劍贈義士，您用得著，還是自己帶著吧！」伍子胥許久說不出話來，他仰頭望著天，極力不使自己落下眼淚。過了好一會兒，他微微地說：「請教義士尊姓大名。」漁父也很激動，但是他還很清醒：「先生不必再問，『今日凶凶，兩賊相逢』，你我都成楚國的賊人了。賊人相逢，貴在默契，何必問姓名呢？但願富貴莫相忘。」伍子胥不再說什麼了，他囑咐漁父藏好飯食和水，不要露出痕跡，就轉身踏上了征途。剛行了幾步，聽到身後傳來聲響，他回頭一看，漁父已翻船自沉於大江之中了。伍子胥的淚水嘩嘩地奔流而下，他哽咽著，深深地向大江長揖到地。

滿懷著對俠肝義膽的漁父的感念，伍子胥繼續向吳國前行。這一天，他來到吳國溧陽這個地方。長期顛沛流亡的生活，使伍子胥身染重病。他又渴又餓，只得向人家乞食。有一個三十來歲的女子正在溧水邊上搗絲，伍子胥看到她的竹籃中有飯，便抱著一絲希望湊上前去：「夫人，給點飯吃吧。」女子停下手中活，上下打量著伍子胥，見此人雖然面容憔悴，但身材魁梧，眉宇間露出掩飾不住的軒昂之氣。女子心中一動，說道：「小女子與母親住在一起，三十歲了還未嫁人，哪裡有多餘的飯食呢？」伍子胥懇切地說：「夫人救助一下我這末路之人吧，少給一點飯也行啊。」搗絲女知道面前非尋常人士，她自言自語地說：「我不能違背人情啊。」於是她果斷地打開竹籃，拿出飲食和水，長跪在地捧給伍子胥。伍子胥只吃了兩口就放下了。搗絲女看出了他的心思，真誠地說：「君有遠行之路，何不飽餐一頓呢？」伍子胥感激地望著搗絲女，他很快吃完了飯，向搗絲女告辭。女子凝望著遠方，幽幽地嘆了一口氣：「唉，妾身獨與母親居住了三十年，自守貞節，不願意嫁人，怎能送飯給男人吃呢？越禮虧節，我不忍啊。先生您上路吧！」伍子胥心中百感交集，他再一次向搗絲女致謝，然後轉身邁開了腳步。剛行了五步，聽到背後「撲通」一聲，他回頭一看，貞明節烈的搗絲女已投入滔滔的溧水中。

落難的英雄伍子胥飽經風霜，歷盡千辛萬苦終於來到了吳國京城。他披髮塗面，跛腳裝瘋，遊蕩在大街小巷。他是在試探吳國君主是否識才用賢。好在吳國公子光安插在市場上的官吏發現了他，認為他是一個非常之臣，向吳王僚舉薦了他。從此，伍子胥有條不紊地展開了他的復仇計劃。他施展自己的政治、軍事才幹，幫助公子光奪權成功，並輔佐吳王闔閭（公子光）治國強兵，處處顯示出英雄本色，最終率領吳國軍隊攻進了楚國，把楚平王的屍體從墳墓中掘出，痛鞭三百下以泄其恨，實現了他報國仇、平家恨的人生志願。

俗話說，忠臣孝子，人人得而敬之；亂臣賊子，人人得而誅之。伍子胥的英雄落難和奔吳復仇的故事，並不僅僅是出於他個人狹隘的恩怨，而是反映了那個時代人民群眾崇拜英雄和崇尚正義的願望。作為歷史演義小說開山之作的《吳越春秋》，在敘寫伍子胥這個歷史人物的經歷時，既按照歷史本來的狀況加以記錄，又融進了大量的民間傳說；既肯定了伍子胥的歷史功績，又渲染了人民群眾對英雄的同情和美好祝願。所以，它給讀者帶來的感受是多方面的，它給後代文學帶來的影響是十分深遠的。

《風俗通義》：寫盡天下風俗

《風俗通義》又稱《風俗通》，是東漢應劭所著的一部考釋名物、議論時俗的書籍。何謂「風俗」，本書是這樣解釋的：「風者，天氣有寒暖，地形有險易，水泉有美惡，草木有剛柔也；俗者，含血之類，像之而生，故言語歌謳異聲，鼓舞動作殊形，或直或邪，或善或淫也。」可見，「風」是一個地方的自然地理特徵，「俗」是一個地方長期形成的文化特徵。「風」、「俗」合稱，是指不同的地域，不同的地理特徵使人們形成的不同的人文特徵。

本書作者應劭，字仲遠，一作仲援或仲瑗，東漢汝南南頓（今河南項城西南）人，生卒年已經不可考證，靈帝時以孝廉為車騎將軍何苗的屬官，中平六年（一八九年）任泰山太守，曾參與鎮壓黃巾起義，後棄郡投奔袁紹，建安二年（一九七年）任袁紹軍謀校尉。

後在兵亂中卒於鄴。應劭的一生，正生活在一個動盪不安的年代，他感到自己有如身處戰國時代的亂世，在《風俗通義》的序中，應劭自認為寫《風俗通義》就像春秋末期孔子刪定《詩》、《書》一樣，為的是撥亂反正，保存正統禮樂制度，使後世的人們知道三皇五帝的事情，知道那些人文地理名稱的由來和本義，通曉聖王之道，熟悉正統的典章禮儀制度。「通」或「通義」的含義就是要「辨風正俗」，明白事理，然後以此教化民眾，統一思想行動，使天下得到大治。這也是應劭著此書的目的所在。雖然應劭的著述目標不可能實現，但他卻給我們留下了研究東漢社會生活的豐富資料。

《風俗通義》內容博雜，從三皇五帝講起，到評論其他各種人物的言行得失；從禮樂祭祀，山川河流，到鬼怪神妖等，涉及社會生活的諸多方面。但雜而不亂，無論是講述王霸之事，評騭人物，還是探究禮樂制度，批判鬼怪神妖等，都本著一個宗旨，那就是用儒家思想來觀察一切，來評價一切。從而使讀者明白天下風俗只有達到儒家提倡的境界，才算是正統的、最高的境界。

開篇為〈皇霸〉卷，講三皇五帝、三王五伯之事。應劭對這些君王的功業，一一作了辨析，並考究了這些稱號的由來。例如，他說「黃者，光也，厚也，中和之色，德四季，與地同功，故先黃以別之也。」「舜者，推也，循也，言其循堯緒也。」黃帝與地同功，地色為黃，又是中和光厚之色，所以尊稱為「黃」，而舜帝依堯帝之法管理社會，遵循不悖，因名為「舜」，應劭認為三皇五帝、三王五伯是「三五復反，譬若循連環，順鼎耳，窮則反本，終則復始也」。這顯然是漢代儒學大師董仲舒的歷史循環說。

當時有些人對典籍的理解主觀臆斷，望文生義，對一些事物胡亂解釋，應劭專以〈正失卷〉為《風俗通義》的第二卷，對此一一予以糾正。例如，當時俗語流傳「夔一足而用精專，故能調暢於音樂」。說夔這個人只有一隻腳，所以用心專一，能調暢音律。應劭認為事實不是這樣，他仔細查考，根據《呂氏春秋》的記載，對此作了糾正。原來是魯哀公問孔子：「樂正夔一足，信乎？」孔子回答說：「從前舜以夔為樂正，夔精通音律，能和五聲通八風，使天下順服。舜認為音樂是天地的精華，能使人節制得失，只有賢能之人才能掌握音樂的本質，而夔就有這方面的才能，像夔這樣的人，有一個就足夠了。」此是「夔一足」的本義，根本不是一隻腳的意思。在糾正錯誤的同時，讓人們看到了舜帝不以音樂為消遣娛樂工具，而是用音樂來教化百姓，治理國家，具有聖王之德。

在〈愆禮〉、〈過譽〉、〈十反〉、〈窮通〉卷中，應劭本著儒家的人生理想和禮儀道德規範來品評人物，褒貶得失。這一做法，前承劉向的《新序》、《說苑》，後啟劉義慶的《世說新語》，可以使人看到人物軼事小說發展的大概脈絡。應劭把人物分為若干

類，比如遵禮太過者，稱為「愆禮」、「好大言而少實行」；名不副實者，稱之為「過譽」，等等。他還以一件實例，來說明自己對儒家「禮」的理解：九江太守武陵威，剛生出他時母親就去世了，常因沒有母親可孝敬而悲嘆。一日，他在路上遇見一位六旬老婦，因孤苦無依正要投奔親戚家去，武陵威問明老婦娘家姓陳，而他的生母也姓陳，且推算起來，老婦的年歲和死去的生母相仿。於是武陵威就用車把老婦載回家去，以對待母親的禮節來侍奉。應劭評論說，按照禮儀規矩，對於路人，動惻隱之心，為幫助她解決實際困難，接回家中供養是可以的，但不能以對母親的禮節來侍奉，因為只有母親和繼母才能享受這樣的禮。所以應劭認為武陵威是屬於「愆禮」。

《風俗通義》還專門列了〈祀典〉卷，詳細介紹了各種神靈的由來及祭祀方法。對盲目迷信、胡亂祭祀祈福的人，他引用孔子的話進行批駁：「非其鬼而祭之，諂也。」即不是你應當祭祀的鬼神而去祭祀，是諂媚於神鬼。〈山澤〉捲介紹地理名稱的由來及象徵意義，比如說泰山是「萬物之始」、「五嶽之長」，天子易姓改制，就應到泰山封禪「以告天地」。〈聲音〉卷介紹了六律以及笙、瑟等二十三種樂器，指出「樂者，聖人所以動天地，感鬼神，按萬民，成性類者也」。詮釋了音樂有巨大的教化功能。在表現音樂的巨大力量時，他敘述了這樣一個故事：樂師師曠為晉平公奏樂，先奏徵聲，平公大悅，於是想請師曠演奏清角之樂，這是最悲壯激昂的樂調，師曠勸諫說這種音樂除了德廣功厚如黃帝那樣的君王，才可以聽，別人是不配享受的，聽了之後一定遭災。平公喜好音樂，認為自己年事已高，一定要聽一聽這稀世之音。師曠不得已，便彈奏清角之樂，剛一奏就有雲從西北飄來，再奏變成了狂風暴雨，把房中的帷幕都刮裂了。酒杯、器皿掉在了迴廊上，嚇得晉平公伏在大廳的一角不敢動。此後一病不起，晉國三年大旱。這個故事情節很簡單，但內容離奇，表現手法獨特，特別是狂風暴起的那段場景描寫，非常逼真，生動地塑造了晉平公這個人物形象，具有志怪小說的特點。

總之，《風俗通義》這部書是以儒家的政治、文化思想為指導的，書中的引言都出自《詩經》、《尚書》、《禮記》、《論語》、《春秋》等儒學經典；所記內容也是根據儒家思想原則來選錄的，涵蓋了國家政治活動、社會生活、個人修養、禮樂文化等各個方面，主旨是想使天下同風同俗，都歸到儒家的各種規範中，以期幫助東漢王朝擺脫危機，恢復正常的封建統治秩序。從表達方式看，書中有記敘，有議論，有描寫說明。《四庫總目提要》這樣評價應劭的筆法：「其書因事立論，文辭清辨，可資博洽，大致如王充《論衡》，而敘述簡明則勝充書之冗曼。」從文學發展的角度看，書中記錄的故事生動，語言通俗，人物各具特徵，記述故事運用了虛構、想象的手法，極具志怪小說的特點，有的片斷還被後來的《搜神記》所採用。漢代是小說的生成期，《風俗通義》中的故事便是其中的一個標誌。

淒婉動人的〈古詩十九首〉

東漢末年有數量不少的無名氏「古詩」，代表了當時文人五言詩的最高藝術成就，標誌著東漢文人五言詩的成熟。這些無名氏「古詩」，可以〈古詩十九首〉為代表。〈古詩十九首〉最初見於梁昭明太子蕭統（五〇一—五三一年）編的《文選》。因為作者姓名失傳，時代不能確定，故《文選》題為「古詩」。

關於〈古詩十九首〉的作者和時代，歷來有許多推測，或謂枚乘（？—約公元前一四〇年）、傅毅（？—約九〇年），或曰曹植（一九二—二三二年）、王粲（一七七—二一七年）。在西漢一代不但沒有任何人寫過純粹的五言詩，正如劉勰（約四六五—約五三九年）《文心雕龍》所說的「辭人遺翰，莫見五言」，而且也不曾有過其他篇幅短小的抒情詩能達到〈古詩十九首〉這樣的技巧水平。當然不可能是枚乘所作了。傅毅與班固（公元三二—

九二年）同時，那時的文人才開始試作過五言詩，還不可能有〈冉冉孤生竹〉這樣的成熟之作。如果傳毅曾作五言詩，鍾嶸（約四六八－約五一八年）的《詩品》不會一字不提的。如果說〈古詩十九首〉產生於曹植、王粲的時代，也有許多疑問。漢末建安年間，洛陽被董卓焚毀，早已化為灰燼，而〈古詩十九首〉作者眼中的洛陽還是兩宮雙闕，王侯第宅尚巍然無恙，冠帶往來遊宴如故。何況洛陽沒有遭到破壞之前，王粲尚幼，曹植並未出世。從五言詩的興起和發展以及有關歷史事實綜合考察，〈古詩十九首〉不是一人所作，大致產生於桓靈之世。

公元一六七年漢桓帝死後，有近十年間，宦官勢力達到獨霸政權的地位，東漢的政治進入了最黑暗的時期。面對危機四伏、動盪不安的社會大破壞的現實，一大批中下層知識分子仕途失意，不得不漂泊異鄉。〈古詩十九首〉大抵就出自這些文人之手。他們反映的思想內容是很複雜的。有的寫宦途坎坷，如〈今日良宴會〉、〈西北有高樓〉、〈回車駕言邁〉；有的寫離愁別緒，如〈青青河畔草〉、〈行行重行行〉、〈孟冬寒氣至〉、〈客從遠方來〉、〈明月何皎皎〉、〈冉冉孤生竹〉、〈庭中有奇樹〉、〈迢迢牽牛星〉；有的寫遊子思歸，如〈去者日以疏〉、〈涉江採芙蓉〉；有的寫人生無常，及時行樂，如〈生年不滿百〉、〈青青陵上柏〉、〈東城高且長〉、〈驅車上東門〉；有的寫世態炎涼，怨友不援，如〈明月皎夜光〉；還有的寫閨中怨情，如〈凜凜歲雲暮〉。〈古詩十九首〉的作者通過對閨人怨別，遊子懷鄉，遊宦無成，追求享樂等思想內容的描寫，表現了濃厚的傷感情緒。他們和民歌作者不同，大都是屬於中小地主階級的文人，為了尋求出路，不得不遠離故鄉，奔走權門，或遊京師，或謁州郡，來求得一官半職。這就是詩中所言的「遊子」和「蕩子」。他們長期在外，沒有官職，家眷不能同往，彼此之間就不能沒有傷離怨別的情緒。於是思婦就會有「浮雲蔽白日，遊子不顧返」、「蕩子行不歸，空床難獨守」的嘆息；遊子就會發生「思還故里閭，欲歸道無因」和「客行雖云樂，不如早旋歸」的感慨。當他們遊宦四方，「策高足」、「據要津」的願望不能實現，又得不到友人的援引時就會發出怨友不援的牢騷：「昔我同門友，高舉振六翮，不念攜手好，棄我如遺跡。南箕北有鬥，牽牛不負軛。良無磐石固，虛名復何益！」那些落魄失意的文人、沒有出路的遊子看到京洛等地的繁華，聯想自己朝不保夕的處境，就又發出命如朝露、人生如寄的哀傷之情。既然死不可免，那還不如生前享樂，這種消極思想也就隨之產生。於是「不如飲美酒，被服紈與素」的縱情享樂思想就自然流露出來了。

從〈古詩十九首〉中，我們不但能看到東漢中期以後社會動盪的影子，而且可以在藝術享受的滿足中感受到其何以贏得「驚心動魄，一字千金」（鍾嶸《詩品》）的崇高評價。

〈古詩十九首〉的藝術成就是非常突出的。其主要藝術特色是長於抒情，其抒情方式往往是用事物來烘托，融情於景，寓景於情，二者緊密結合，如〈迢迢牽牛星〉、〈明月何皎皎〉等詩，抒寫愁情，淒愴真切，達到了天衣無縫、水乳交融的境界。

〈古詩十九首〉的另一顯著特點是善於通過某種生活情節抒寫作者的內心活動。例如〈西北有高樓〉一首：

> 西北有高樓，上與浮雲齊。交疏結綺窗，阿閣三重階。上有弦歌聲，音響一何悲！誰能為此曲，無乃杞梁妻？清商隨風發，中曲正徘徊；一彈再三歎，慷慨有餘哀。不惜歌者苦，但傷知音稀。願為雙鴻鵠，奮翅起高飛。

這首詩寫的是一個追求名利的失意者的心情。詩中並未抽象地寫他如何懷才不遇，失路彷徨，卻通過高樓聽曲這一具體事件的描繪，流露出對那位歌者的同情：「不惜歌者苦，但傷知音稀。」從而表明主人公對那個只聞其聲、未見其面的人來說是一個曠世知音，希望自己化為鴻鵠同她一起奮翅高飛，流露出主人公雖願奮發有為，但卻四顧無侶的苦楚。這首詩不僅構思巧妙，而且把失意者的內心活動表露得如此淒涼哀婉，不由得讓人拍案叫絕。

諧音字、雙關語以及比喻的使用，使語言平白淺顯而含意深長，具有濃郁的民歌氣息，這是〈古詩十九首〉又一高超的藝術技巧。〈古詩十九首〉格調高雅，句意平遠，像秀才對朋友敘說家常。它的語言不飾雕琢，淺近自然，如高天行雲徐徐飄蕩，像山間泉溪汩汩流淌，看似平淡無奇，品則回味無窮，淒婉動人，情深意切。稱它為「五言之冠冕」（劉勰《文心雕龍》），是當之無愧的。〈古詩十九首〉代表了漢代五言抒情詩藝術的最高峰，形成了其獨特的藝術風格，成為我國文學史上早期抒情詩的典範，從它所達到的成就及其在詩歌創作上所產生的影響來說，它在我國文學發展過程中，占有相當重要的地位。當然，〈古詩十九首〉主要反映的是動盪社會中中下層知識分子的生活與感情，開我國傷感文學的先河，對後代文人創作也有很大影響。

擊鼓罵曹的「狂士」禰衡

禰衡（一七三—一九八年），字正平，平原般（今山東臨沂）人，東漢末年著名的辭賦家。從小就有文才、辯才，書信公文，無所不能。為人清高自負，語言行動常常出人意表。廣為流傳的「擊鼓罵曹（曹操）」的故事，最能反映他獨特的性格世界。命運多舛的禰衡曾先後依附於曹操、劉表、黃祖，皆不順意，終被黃祖所殺。禰衡的悲劇是時代的悲劇，也是歷史的悲劇。其實，表面上狂放不羈、傲慢無禮的禰衡，內心深處卻是純真的、無邪的。他抱定了堅貞的節操和志向，毫不動搖，甚至不惜以此去一試暴君的鋒芒。禰衡的純潔是無可懷疑的。對這一點，曹操不願理解，劉表、黃祖無法理解，但黃祖的大兒子黃射卻理解了。他和禰衡結成了最知心的朋友。遺憾的是，他不在其位，沒有力量阻止悲劇的發生，結果只能眼看著禰衡走向毀滅，而沒有一點辦法。這是後話。還是讓我們先來追溯一下禰衡在荊州及江夏的情形吧。

禰衡被曹操派往荊州。劉表及荊州人士非常敬佩他，對他禮待有加。禰衡也以出眾的才華，贏得了劉表的信任。劉表各類文章的草擬以及各種事項的議定，沒有禰衡的參與，就決不付諸實施。有一次，劉表及眾謀士竭盡全力起草了一份章奏，正巧讓禰衡看見了，禰衡打開後沒等看完，就撕成碎片扔在地上，劉表等人非常震怒，一時氣氛非常緊張。禰衡於是從他們手中要過紙筆，略加思索，一揮而就，文辭意態之不同，大大出乎在場人的意料之外。劉表大為高興，因而也更加看重他。後來，禰衡終因恃才傲物，觸怒了劉表，被送到黃祖手下。禰衡來到江夏，黃祖最初也非常器重他。一方面，禰衡的才華，容易掩飾他性格上的弱點；另一方面，禰衡的率直也未必就不是一種優點。所以，粗暴如黃祖的人，在開始的時候，也往往可以和禰衡保持融洽的合作。據《後漢書·文苑傳下》記載，禰衡被黃祖任命為書記，幹得得心應手。黃祖想到了又說不出來的話，禰衡常常一下子就可以點出來。所以，黃祖十分愛惜他。有一次，黃祖拉著禰衡的手誠懇地說：「處士此正得祖意，如祖腹中之所欲言也。」黃祖的大兒子黃射，當時任章陵太守，和禰衡非常要好。他們曾一同出遊，看到了大書法家蔡邕寫的一篇碑文。黃射太喜歡其中的文辭了，後悔自己當時沒有記下來。結果，禰衡說：「吾雖一覽，猶能識之，惟石中缺二字，為不明

耳。」於是提筆寫了出來。黃射讓他的手下騎馬去核對，果然像禰衡所寫的那樣，黃射左右的人無不驚嘆。一次，黃射大會賓客，禰衡也參加了這次盛會。宴會上，有人獻了一隻鸚鵡，黃射舉著酒杯來到禰衡的面前，說道：「祢處士，今日無用娛賓，竊以此鳥自遠而至，明慧聰善，羽族之可貴，願先生為之賦，使四座咸共榮觀，不亦可乎？」禰衡提筆稍思，很快就寫了出來。不用說他辭采的華美，單說禰衡在寫作過程中不停頓、不修改、一揮而就的特點，也夠使人吃驚的了。後來，黃祖在戰艦上大會賓客，禰衡也參加了。宴會上禰衡出言不遜，使黃祖非常難堪，黃祖就大聲呵斥他。誰想禰衡瞪著黃祖罵開了，這次黃祖不能容忍了，就喝令手下拉出去打他一頓。禰衡一聽，更是罵不絕口。黃祖一氣之下，就下令把禰衡殺了。黃射聽到消息，連鞋子也顧不上穿，急忙趕來救援，可惜為時已晚。據《後漢書．補注．衡別傳》記載，黃射聽說禰衡已經被殺，悲痛地流下眼淚。他對父親說：「此有異才，曹操及劉荊州不殺，大人奈何殺之？」黃祖只得回答：「人罵汝父作鍛錫公，奈何不殺？」顯然，驕橫的黃祖，在才幹見識上要遠遜色於他的兒子。黃祖性急，終於釀成了不可挽回的後果。

看似狂妄的禰衡，實際上內心是很淒涼的。他生在軍閥割據、國運危殆的時候，雖有大才，有大志，但在野心勃勃的軍閥豪強面前，他的才志無疑是難以施展的。這注定了禰衡和那些軍閥豪強們的矛盾。禰衡那種憤世嫉俗的性格，顯然也是黑暗現實壓迫的結果。禰衡空有大志，卻無所作為，這不能不在他心中引起巨大的痛楚，並引起激烈的反抗。從這一點說，禰衡的悲劇是命中注定了的。

禰衡曾應黃射的邀請，提筆寫下〈鸚鵡賦〉，作者以傳神的筆觸，描寫了鸚鵡孤獨，淒涼的形象：「惟西域之靈鳥兮，挺自然之奇姿……性辨慧而能言，才聰明以識機。」鸚鵡因其不凡的品性，很快招來厄運。它被捕獲，運往內地。失去自由的鸚鵡，從此開始了悲劇的歷程。它「眷西路而長懷，望故鄉而延停」，「痛母子之永隔，哀伉儷之生離」。尤其當「嚴霜初降，涼風蕭瑟」的時候，鸚鵡更是「長吟遠慕，哀鳴感類」。作者在鸚鵡身上，傾注了一腔深情。鸚鵡的身世和命運，無疑是作者身世命運的寫照。以禰衡的才志，結果卻只能困居軍閥的門下，無所作為，從中我們不是很容易看出兩者之間的驚人相似嗎？所以，〈鸚鵡賦〉實在是禰衡為自己、也為一切生不逢時的仁人志士譜寫的一曲哀歌。

禰衡有才能、有抱負，但他終究無法施展他的才能和抱負，這倒不在於他的個性是馴順的，抑或是剛烈的。說到底，禰衡的理想和抱負，與專制政治存在著不可調和的矛盾。曹操、劉表、黃祖，對禰衡的最初待遇都很高，但他深知，對這些野心勃勃的軍閥豪強而

言，他的才華並不具有真正的意義。至於他們對他的重用，那不過是為他們爭權奪利的鬥爭撈取更可靠的資本，這決定了禰衡與這些軍閥豪強矛盾的必然性，也注定了禰衡的悲劇命運。

蔡文姬〈悲憤詩〉中訴悲憤

在中國文學史中，曾有一位以寫悲憤詩而著稱於世的才女，她就是東漢末年著名的女詩人蔡琰。蔡琰（一七七─？年），字文姬，又字昭姬，陳留圉（今河南杞縣南）人，漢末著名學者蔡邕的女兒。

蔡邕喜好辭章、數術、天文，精通音律，善鼓琴。在其父的薰陶下，蔡琰從小就博學多才，尤其對音律有濃厚的興趣，加之她聰穎好學，很快就嶄露出非同一般的才華。一天晚上，其父鼓琴偶斷一弦，在一旁玩耍的她，立刻就說出斷的是第二弦。小小孩童，哪有這般神悟？其父不以為然，又特意斷了一根，結果又被她所猜中：這是第四弦。所以，《後漢書．董祀妻傳》說她「博學有才辨，又妙於音律」，確為屬實之辭，絕無溢美之意。

如此才女，卻生逢亂世，一生坎坷，悲慘淒涼。父親蔡邕所處的時代，是宦官專權、

朝政混亂、戰亂頻起、民不聊生的東漢末年，正因為處於這樣的時代，有血性、為人正直、才學顯著的父親，才屢遭迫害：先因上書論朝政闕失，遭誣陷，後被流放朔方。遇赦後，又因權貴誣陷，有家難歸，亡命江湖十二年。蔡琰的命運與其父是患難與共、休戚相關的。她的少年時期，就是在這種顛沛流離的苦難生活中度過的。十六歲的時候，她嫁給河東人衛仲道，不久，因夫亡、無子，遂寡居娘家。漢獻帝興平中（一九四—一九五年）天下動亂，四處交兵。董卓裹脅獻帝逃至長安，在長安被部將呂布誅殺，蔡邕時為朝廷的左中郎將，封高陽鄉侯，他聞董卓死訊後不禁為之嘆息，因而獲罪，被司徒王允所囚，蔡邕表示願意服罪，願受黥首刖足之刑，得以保存性命來完成《後漢記》的撰寫工作，但王允不答應，蔡邕被處死於獄中。蔡琰則於兵荒馬亂中為董卓舊部羌胡兵所虜，流落至南匈奴（今山西一帶）左賢王部，為左賢王所納，在胡十二年，生有二子。建安中，隨著曹操軍事力量的不斷強大，呂布、袁紹等割據勢力相繼被削平，中國北方遂趨於統一。在這一歷史條件下，曹操出於對故人蔡邕的憐惜與懷念，「痛其無嗣」，乃遣使者以金璧將文姬從匈奴贖回國中，讓她繼承父業纂修《後漢記》，蔡邕一生著述頗豐，因為戰亂，全部丟失，蔡琰全憑記憶，默寫四百餘篇，為中國文化的傳播作出貢獻。這就是歷史上所謂的「文姬歸漢」的故事。後來，這個故事又被編入小說、戲劇，被之管弦，得以廣泛流傳。如郭沫若寫過一部著名的歷史劇〈蔡文姬〉，主要借助「文姬歸漢」的故事，成功地塑造出蔡文姬這一女才子的形象。

文姬歸漢後，再嫁於同郡董祀為妻。董祀雖為屯田都尉，但他並未因文姬曾為胡人生子而輕視她，故此，夫妻感情尚好。可不久，董祀犯法當死，文姬甚為悲痛，當她得知董祀蒙受不白之冤時，便親自到曹府為丈夫辯解，進見之時，她蓬首跣行，叩頭請罪，據理說明真相，糾正曹操的偏聽偏信，文姬胸懷坦蕩，然語意淒哀，眾皆為之動容。曹操見其救夫心切，大為感動，遂下令特赦董祀之罪，並賜文姬頭巾鞋襪以示褒獎。

蔡琰的最後結局，史載不詳，但從上述經歷來看，她畢竟是一個飽嘗人世間艱辛與痛苦的不幸女子。尤其在興平年間，她被掠到匈奴那段經歷，顯得更加悲慘。一個年輕女子隻身流落到異國他鄉，受盡了種種不堪忍受的折磨，此刻的心情除了悲憤之外還能有什麼呢？再說，當她在南匈奴生活了十二載，生了兩個孩子之後，曹操贖其歸漢，這時，她的心情也一定是悲喜交加，難以割捨的。歸漢是歷史盛事，前朝有蘇武歸漢，今朝自己又能歸國，怎能不令人高興？從此，她這個被稱為「中郎有女能傳業」的才女，將得以一展才學，同時也可以消弭十二年來遠離鄉里、思鄉懷舊的痛苦；然而拋別「尚未成人」的兩個孩子，對一個做母親的人來說，這又不能不說是一種極大的痛苦和不幸。正是在這種悲劇的背景下，她才寫出了令人傷心墮淚的〈悲憤詩〉。

〈悲憤詩〉在我國詩史上是文人創作的第一首自傳體五言長篇敘事詩。詩中生動地再現了詩人被虜途中悲慘的遭遇，長期滯留匈奴的思鄉愁苦，歸漢前母子骨肉分離的悲痛，回家後家鄉一片廢墟的感傷，這一切都以「悲憤」二字為中心，真實而深刻地反映了那個苦難的時代，特別是體現了動亂社會中婦女的命運。全詩按情節的發展，可分三大部分。第一部分先從社會大角度寫漢末戰亂，董卓篡權給人民帶來的巨大災難：「漢季失權柄，董卓亂天常。志欲圖篡弒，先害諸賢良。逼迫遷舊邦，擁主以自強。」然後把大視角逐漸縮小，寫胡羌乘亂侵擾，自己被虜途中遭到的非人虐待以及目睹的慘象：「斬截無孑遺，屍骸相撐拒。馬邊懸男頭，馬後載婦女。」匈奴兵的虐待，使無辜的人民痛苦到了「欲死不能得，欲生無一可」的地步。第二部分主要寫詩人流落異地思鄉念親的悲哀、被贖歸漢離別時與兒子分離時肝腸欲摧的痛苦，特別細膩地敘述了母子的生離死別，增強了全詩的悲劇色彩。可以說，背井離鄉，骨肉分離，這既是詩人的悲慘遭遇，同時也是漢末社會動亂和人民苦難生活的真實記錄。因此，詩人的悲憤，帶有一定的典型意義，是受難者對悲劇製造者的血淚控訴。詩的最後一部分寫歸漢途中對兒子的懷念以及回到家鄉後對敗落景象的傷感。詩人在匈奴時日夜思念故國親人，但歸國後卻見家人喪亡殆盡，連內外表親亦無一人。家鄉田園荒蕪，白骨露野，人聲斷絕，豺狼號叫。詩人更感孤苦伶仃，無依無靠。

這些悲愴悽楚的詩句，既可以彌補史料之不足，又能觸發讀者的藝術想象。在史乘中，我們還無法斷定蔡琰命運的結局，對其經歷的記載也極為簡略。但蔡琰詩中卻再現了她身經親人喪亡之苦、又罹流離戰亂之難、終抱拋別親人之憾的悲慘人生。使人不難想象，蔡琰如同封建社會中千千萬萬不幸的婦女一樣，將是「一生抱恨常咨嗟」（《王臨川全集》卷三十七）。不言而喻，對於了解封建社會婦女的命運和漢末的社會現實，這首詩有著深刻的悲劇意義和獨特的認識價值。

這首敘事詩，在一定意義上可以說是感情的結晶體。它的特點是感情飽滿、情緒激越、氣勢磅礡。從這裡可以看出別子是詩人最強烈、最集中、最突出的悲憤，從這種悲憤中，我們看到了偉大母親的愛心。詩人的情感在這方面挖掘得最深，因此也最動人，是令人嘆為觀止的藝術匠心之所在。

蔡邕與焦尾琴的傳說

蔡邕是東漢末期傑出的辭賦作家，他的賦作不僅在藝術上具有鮮明的特色，短小精悍，有較強的抒情性，而且內容豐富，包羅萬象，既有表現正直文人憂國憂民情懷的〈述行賦〉，也有抒發個人生活情趣的〈琴賦〉、〈筆賦〉，而後者則更全面地展現了一個典型的封建文人的生活情趣和藝術稟賦。

蔡邕是一個「曠世逸才」，在藝術上有多方面的造詣，擅長數學、天文，特別精通音律，善於彈琴，是一個精通琴道的行家裡手。

蔡邕因為恪守氣節而得罪了當權的奸邪小人，為了逃避迫害，他只好浪跡江湖，前後長達十二年之久。當他遊蕩於吳（今江蘇、浙江等地）時，有一天，在寄宿的地方，好客的主人生火做飯招待他，生火用的柴禾就是桐木。桐木在火裡發出「噼噼啪啪」的響聲，被正在一旁的蔡邕聽見了。他急忙把桐木從火裡搶出來，撲滅還在燃燒的火苗，連連說：「好桐木，好桐木，定可做成一把好琴。」一副如獲至寶的樣子。後來，他請人幫忙製作了一把精美的琴。因為琴的尾部已經被火燒焦了，所以就稱這把琴為「焦尾琴」。從此，蔡邕攜帶這把焦尾琴，浪跡江湖，須臾不離。後世便以「焦尾琴」來泛指好琴，唐李咸用〈山居〉詩：「焦尾何人聽，涼霄對月彈。」元石子章〈竹塢聽琴〉第一折：「夜深了也，取下我這焦尾琴來，撫一曲遣我的心悶咱。」

關於蔡邕和琴、音樂的故事還有很多。有一次，蔡邕路過會稽郡高遷亭時，看見有一間房屋是用竹竿做椽木。他仔細觀察了一會兒，認定東邊第十六根竹竿是製作笛子的好材料，就讓人把那根竹竿取下來，果然做成了一支好笛子，吹奏起來聲音清越高亢，並且帶有一種獨特的音調和韻味，確實與眾不同。蔡邕在家鄉陳留的時候，有一次他應邀去赴宴。當他到達時，正好碰到有一位客人在屏風後面彈琴。蔡邕就止住了腳步，悄悄地站在門外仔細地聆聽。不想一聽卻讓他大驚失色，頓生疑竇：「咦？明明是請我來赴宴，為什麼琴聲中卻暗藏著殺機呢？到底是為什麼呢？」蔡邕曾多次險遭不測，所以，為了慎重起見，他趕緊調轉身離開了。旁邊的人看見了，趕緊報告主人說：「蔡邕剛才已經來了，但站在門外聽了一會兒琴聲後，就又匆匆忙忙地離開了。」主人連忙去把蔡邕追了回來，並向他詢問是什麼緣故。

蔡邕就把琴聲中暗藏著殺機的事跟他講了。主人和其他客人都感到莫名其妙，這是從哪兒說起呢？本來是好意相邀，怎麼會暗藏殺機呢？這時，那位彈琴的客人忽然想起來了，趕緊說：「剛才我彈琴的時候，遠遠地看見一隻螳螂正想撲向一隻蟬，那只蟬也正想逃跑，只不過還沒有飛起來，螳螂就這樣一進一退的，搞得我心裡也很緊張，老是擔心螳螂動作慢了，那只蟬就飛掉了。難道是這種下意識的情感不自覺地融匯到我的琴聲中，使它聽起來好像暗藏殺機了嗎？」蔡邕聽他這麼一說，點點頭微笑著說：「哦，是這樣的，就是這麼回事，這就對了嘛！」由此可見，蔡邕在音樂上的造詣確實已經達到了出神入化的地步。

蔡邕在音樂上堪稱知音，能夠真正體味鑑賞弦外之音，在現實中，面對險惡的仕途和政治爭鬥，他為了永葆自己清高純潔的氣節和操守，不得不四處逃避，被迫浪跡江湖，這對他的創作有很大影響。一方面他真切地接觸到了社會現實的真實情況，表現出了封建文人憂國憂民的思想；另一方面，也使他醉心於個人生活情趣，表現出封建文人的雅趣逸致。除〈琴賦〉外，他的〈筆賦〉，對筆的製作工藝，也進行了較為詳細周密的描繪。我們再聯繫到他所寫的〈篆勢〉、〈隸勢〉，又證明了蔡邕同時又是一位高明的書法家。他曾因看見別人用掃帚掃地而從中受到啟發，獨創「飛白」體，獨成書家一派。另外，他還有〈彈棋賦〉，也屬於描寫當時文人日常生活的內容。

流傳民間的「東海黃公」故事

「東海黃公」是西漢角抵「百戲」中的一個節目，取材於民間故事。它的故事情節在《西京雜記》中有頗為詳細的記載：從前，東海的某個地方，有一位姓黃的老頭，年輕的時候，練過法術，能夠抵禦和制伏毒蛇、猛虎。他常常以紅綢束髮，腰佩赤金刀，作起法來，可以興雲起霧，令平地化為一派山嶺河流景象，本領很大。到了老年，黃公的身體越來越差，再施行法術的時候，就感到有些疲憊不堪，力不從心了。又加上他經常飲酒過度，更傷元氣，所以漸漸地，法術就失靈了。秦朝末年，東海一帶忽然出現一隻兇惡無比的大白虎，時常伺機捕食人畜，危害鄉里，弄得老百姓人心惶惶卻又束手無策。大家都盼望黃公能像過去那樣神勇，來制伏猛虎，為民除害。黃公心中也一直為虎患十分擔憂，他也清楚人們的期望，所以，雖然自知老弱不行了，卻終於還是強打起精神，提著心愛的赤金刀前往一試。結

果法術根本不起作用，反被白虎所害。

黃公死後，關中一帶的人民就將這個故事編成簡單的角抵戲來演出，一個演員扮白虎，一個演員扮黃公。後來漢武帝把它採入宮廷，經過進一步藝術加工，就作為「百戲」的一個節目，在平樂觀等場所演出，有時還用來招待外國賓客。

藝術加工過的「東海黃公」，成為漢代「百戲」中場景規模最大的節目之一。角色出場的順序和情況大致是這樣的：先是黃公大法師頭裹紅綢布，腰佩赤金刀上場，在台上表演一番他的法術，諸如吞刀、吐火及立興雲霧、畫地成川等，一方面顯示自己技藝高超，法力無邊，另一方面也藉以提高觀眾的興致，引起轟動效應。接著是白虎上場。白虎也由人裝扮，表演在東海危害百姓的情景。最後的場面是黃公揮動赤金刀再上，人虎相遇，黃公法術無效，反被猛虎咬死。

關於這個節目的演出情況，在山東沂南漢墓出土的「百戲」題材的畫像石中，有較為形象的反映：一人披散著頭髮，戴著虎頭面具，身穿虎皮樣的衣服，右手中持有一物，類似小旗子。在他面前不遠處，還有一個小孩，兩手撐地，兩腳上翹，昂頭匍匐狀，似乎一臉恐懼神情。大概是白虎為患的情形。

而在文學作品裡，張衡的〈西京賦〉則有最早且較為完整的描寫：「吞刀吐火，雲霧杳冥。畫地成川，流渭通徑。東海黃公，赤刀粵祝，冀厭白虎，卒不能救。挾邪作蠱，於是不售。」「流渭通徑」是「畫地成川」這一幻術的效果，實際上是借助某些原料和特殊裝置來表演水的迅速增減隱現。「雲霧杳冥」是「立興雲霧」這一幻術的效果。漢代百戲裡，這兩種幻術常常結合起來，提供一定的環境背景和氛圍，同時，「立興雲霧」又可作為「畫地成川」操作時的掩蔽。「赤刀粵祝，冀厭白虎」，是說黃公手持赤金刀，嘴裡唸唸有詞，祝禱作法，希望制服白虎。「挾邪作蠱，於是不售」，是說搬神弄鬼，施行邪法，法術無益，總是沒有好結果。

可以看出，民間的「東海黃公」故事以及關中一帶演出的角抵戲與漢武帝時的百戲「東海黃公」是有區別的。民間的「東海黃公」故事與角抵戲原本是一個悲劇，看後使人對黃公因年老體衰，飲酒過度，氣力衰竭，以致不能有效地施展法術而被虎所害，產生無限同情，在一定程度上歌頌了黃公的俠義精神。而經過宮廷加工的百戲「東海黃公」，從張衡的描寫來看，顯然變成了一個裝扮故事取笑的小戲，含有一定的諷刺意味。民間故事中頗具悲劇英雄色彩的黃公變成了裝模作樣、「挾邪作蠱」的法師。在沒遇白虎前，吞刀吐火，興雲起霧，是那樣神通廣大；在遭遇白虎後，則全身哆嗦，狼狽不堪，最後白虎把黃公整個吞吃下去。「東海黃公」戲的這個演變反映了民間百姓和宮廷統治階級之間欣賞趣味和娛樂需求的不同。

讀故事．學文學

秦漢文學故事　下冊

編　　著　范中華
版權策劃　李　鋒

發 行 人　陳滿銘
總 經 理　梁錦興
總 編 輯　陳滿銘
副總編輯　張晏瑞
編 輯 所　萬卷樓圖書(股)公司
排　　版　鄭　薇
封面設計　鄭　薇
印　　刷　百通科技(股)公司

發　　行　昌明文化有限公司
桃園市龜山區中原街32號
電　　話 (02)23216565
傳　　真 (02)23218698
電　　郵
SERVICE@WANJUAN.COM.TW
大陸經銷
廈門外圖臺灣書店有限公司
電　　郵
香港經銷
香港聯合書刊物流有限公司
電　　話(852)21502100
傳　　真(852)23560735

ISBN 978-986-91874-3-5
2016年1月初版二刷
2015年8月初版一刷
定價：新臺幣250元

如何購買本書：
1.劃撥購書，請透過以下帳號
帳號：15624015
戶名：萬卷樓圖書股份有限公司
2.轉帳購書，請透過以下帳戶
合作金庫銀行古亭分行
戶名：萬卷樓圖書股份有限公司
帳號：0877717092596
3.網路購書，請透過萬卷樓網站
網址 WWW.WANJUAN.COM.TW
大量購書，請直接聯繫，將有專人為您服務。(02)23216565 分機10

如有缺頁、破損或裝訂錯誤，請寄回更換

國家圖書館出版品預行編目資料

秦漢文學故事 / 范中華編著.
-- 初版. -- 桃園市：昌明文化出版；
臺北市：萬卷樓發行, 2015.08
冊；　公分. -- (讀故事.學文學)

ISBN 978-986-91874-3-5(下冊：平裝)

857.63　　　　104009981